文豪たちと一緒にコーヒーを賞味

和日本文豪
一起喝咖啡

◎

〔日〕坂口安吾 等著

张嘉芬 译

外语教学与研究出版社
北京

文豪たちと一緒にコーヒーを賞味

目录

◎ 辑二　　　　温度焙人情

从巴黎、银座到住宅区小巷

新井一二三
（日本作家、明治大学教授）

如今的日本人是相当爱喝咖啡的。据统计，每年一个人平均要消费约4公斤的咖啡。这数目虽然比不上地球上最爱喝咖啡的挪威人（9公斤）和瑞士人（7.7公斤），但是和欧盟其他国家的居民、美国人相比，差不了多少，而且比哥伦比亚、埃塞俄比亚等咖啡豆生产国的人均消费量还多几成。现在，全日本有六万多家咖啡馆，平均下来1800个日本人当中就有一家。想起一百多年以前，东京银座才开始出现第一家咖啡馆，过去一个世纪内，日本人和咖啡的关系变得密切了很多，或者说家常了很多。

日本历史上第一家真正意义上的咖啡馆，是1911年3月在现在的银座八丁目开张的春天咖啡馆，老板是画家松山省三。据传说，他本想去巴黎留学，可是家境不允许，于是在东京美术学校（现东京艺术大学）的恩师黑田清辉以及好友小山内熏的建议下，开了一家巴黎风格的咖啡馆。黑田清辉是日本的美术教科书中不会遗漏的著名油画家，小山内熏又是日本最早的话剧团自由剧场的负责人。可见在日本，咖啡馆从一开始就充满着西方文化的香气，或者说是对于西方文化的憧憬和梦想。早期的春天咖啡馆为了确保定期收入而采用了会员制。结果，能在文学史书上看到的大文豪，例如森鸥外、永井荷风、谷崎润一郎、北原白秋，以及画家岸田刘生和歌舞伎演员市川左团次等都注册成了会员。

森鸥外是 19 世纪 80 年代到柏林读医学的，永井荷风则在 20 世纪初的里昂、巴黎待过一阵子。他们都特别想念欧洲的咖啡馆。他们朝思暮想的，不仅有咖啡的味道或是其中的化学成分，也有咖啡馆的环境，包括位置、建筑、室内装饰、桌椅、餐具、暖气、伙计以及其他的客人等等。换句话说，他们回到日本后，就只能梦想着欧洲。在日本开家欧式咖啡馆，地点首选则非东京最充满欧美氛围的银座莫属。因为银座是日本明治维新以后，花了几年时间建设的第一条西式砖头街。服部钟表店、资生堂西药房、木村家面包店、伊东屋钢笔店等销售西式商品、为外国客人服务的名店鳞次栉比。

本书收录的作家中，散文作家兼物理学家的寺田寅彦（1878—1935）就属于春天咖啡馆那一代的人。他在九州岛熊本读中学的时候，受英文教师夏目漱石的熏陶，对文学产生了兴趣；1909 年，担任东京帝国大学理学系副教授的他去柏林留学，后来又经过瑞典、法国、英国、美国，回到日本。刚一回国，就碰上了春天咖啡馆的开张。寺田兼有科学家和文学家的头脑，写出来的文章与众不同，例如在《咖啡哲学序说》里，他写道："在所谓的禁欲主义者眼中，酒或咖啡之类的东西或许真的是百害而无一利之物。然而，举凡艺术、哲学和宗教在人类精神及肉体上所产生的效果，其实和酒、咖啡等极为相似。"

春天咖啡馆开张的同年年底,银座又开张了另一家咖啡馆——老圣保罗咖啡馆。这一家是从日本去巴西的第一代移民水野龙为了向日本人宣传咖啡而开设的,价钱比春天咖啡馆便宜,因而吸引了没有钱但爱文化,并且追求刺激的文青们。老圣保罗咖啡馆的广告说:"黑如鬼,甜如恋,热如地狱的咖啡。"当时对面是时事新报[1]社,把稿件带来的新兴作家们会顺便来咖啡馆坐一坐,喝五钱[2]一杯的咖啡,吃五钱一个的甜甜圈。其中有芥川龙之介,也有本书收录散文《在咖啡馆里》的作者——著名诗人萩原朔太郎(1886—1942)。以摩登为社会基调的日本大正时代,萩原朔太郎被广泛认为是口语自由诗的第一人,代表性诗集有《吠月》和《青猫》。他在文中写道:"我从刚才就一直在观察,这家店里有很多人都只是喝杯红茶,就愣愣地坐上半个小时。这些人究竟在想什么?对于崇尚'时间就是金钱',舍不得虚度一分一秒空当,整天忙着在市区东奔西跑的大阪人而言,看到东京这种咖啡馆的光景,会觉得这里是个闲人聚集之处,甚至应该觉得很不可思议才对。"

本书收录的作品讲到的咖啡馆,很多都在银座或在巴黎。这其中不无原因。大家都向往巴黎,希望东京至少能有一条银座大街让人联想起巴黎。萩原朔太郎就有一首诗叫《旅上》:"虽想去法兰西,

---

1　《时事新报》是1882年福泽谕吉创办的报纸,1936年与《东京日日新闻》合并。——编者注

2　日本旧货币单位,一百钱等于当时的一日元。——编者注

法兰西太远了，于是穿上新西服，无拘无束地旅游去，火车开在山中时，靠着天蓝玻璃窗，自己想想开心事，五月清晨拂晓，任由萌生的嫩草。"

《甜话休提》的作者古川绿波（1903—1961）是日本20世纪30年代非常有名的喜剧演员，他的祖父曾任东京帝国大学校长，父亲则为男爵。他本人从小文采突出，就读早稻田大学时期，出版过杂志，也做过电影演员。后来组织剧团，在浅草的演出颇受欢迎。他在文中回顾的小时候，应该是1910年左右。当时东京已经有饼干、蛋糕、软糖、口香糖、华夫饼（松饼），甚至有从法国进口的马卡龙，样样都好吃得像做梦一样。文章提到银座有家咖啡馆叫科隆邦（Colombin），是能够坐在玻璃窗边，一边看着街景和行人，一边吃甜品喝咖啡的，仿佛置身于巴黎。有趣的是，中学时代的古川也去过老圣保罗咖啡馆，喝五钱一杯的浓郁巴西咖啡，吃薄荷果冻，听自动钢琴的演奏。

医生兼诗人木下杢太郎（1885—1945）也强烈地向往西洋。1908年，他跟北原白秋（1885—1942）等诗人、画家一起组成了牧神（潘神）会，希望日本的年轻艺术家们也能够拥有像巴黎的咖啡厅一样，大家自由讨论艺术话题的空间。那是春天咖啡馆开张以前的日子。众人听说巴黎城中间流着一条塞纳河，于是选择东京最有名的大河隅田川附近为聚会地点。其实，正如他在本书中的《牧神会的回忆》里透露的那样，明治四十多年的日本文青们也向往着他们通过浮世绘认识的江户时代，而隅田川就是在浮世绘里常出现的河流。总之，他们在隅田川两边的几家西餐厅定期聚会，谈笑风生，吃西餐喝香槟，但是文中不曾出现关于咖啡的记述。木下杢太郎当年还没去过西方，所以他在脑海里想象出来的西方并不基于现实的欧洲，而是取材于16世纪以来在日本传教的耶稣会士们传来的"南蛮"文化。他当时的一篇作品就叫《南蛮寺门前》。经过两年，牧神会活动逐渐停止，会员们似乎也改去银座新开的春天咖啡馆了。

以做和歌、写剧本出名的吉井勇（1886—1960）是牧神会的创始会员。他的《青春回顾》写到的就是银座的春天咖啡馆。不过，令他印象深刻的倒是在那儿跟朋友、熟人碰上以后，一起喝酒喝到酩酊大醉的青春傻事。

大阪出生的诗人、翻译家三好达治（1900—1964）是二十多岁到东京上大学的。他文中提到的20世纪20年代的银座已经有很多咖啡厅了，也有路边摊子。战后回顾从前的《银座街头》似乎从头到尾都在叹着气。这也难怪，东京最繁华的一条街先是被战争破坏，后来又被自己国家的官僚糟蹋，确实令人扼腕叹息。

织田作之助（1913—1947）是最有大阪特色的作家之一，尤其是他所写的《夫妇善哉》，可谓描述庶民男女爱情的佳作。在本书收录的《大阪发现》中，作者细腻地描写了大阪街头美味，以及其他种种颇具趣味的见闻。不过，正如萩原朔太郎早已看破的那样，商都大阪跟悠闲的咖啡馆可真是一点边都沾不上。

九鬼周造（1888—1941）是东京出生的哲学家。从东京大学毕业以后，他到欧洲留学八年，回国后任职于京都大学，以1930年问世的《"粹"的构造》而受到关注。本书收录的《偶然创作出来的双关语》讲的是不同时代、地区的人在交流过程中无意间形成的双关语。因为作者曾旅居外国八年之久，回来发现故乡跟原先记忆中的不一样了，因此，文中讲的虽然是处处可见的情形，但是作者仍可以从中发现别样的趣味，还根据哲学做出了解释。可以说，到底是哲学家吧。

《写于咖啡馆》的作者高村光太郎（1883—1956）是著名雕塑家高村光云的儿子，他在东京美术学校读完了雕塑以后，又学西洋绘画，后来去纽约、伦敦、巴黎游学，回来参加了牧神会。之后，他既做雕塑又写诗，尤其以描写妻子发疯过程的《智惠子抄》而广为人知。《写于咖啡馆》的故事虽然从咖啡馆开始，但他的目的却是去那里喝酒、追法国女孩。隔天早上，他看到自己在镜子里的那张黄脸，感到惊恐不安。原来现实中的巴黎咖啡馆，并不是日本文青们想象中的样子。

相比之下，还是女作家厉害。因为如果不厉害，在那个重男轻女时代的日本，根本成不了作家。冈本加乃子（1889—1939）是1929年跟丈夫（漫画家冈本一平）、儿子（后来的艺术家冈本太郎）以及年轻的情人一起去巴黎的。后来，加乃子把太郎一个人留在巴黎，和两个男人一起游览伦敦、柏林，最后途经美国，于1932年回到了日本。访欧之前，她出过和歌集，没发表过小说，但她早已决定到了巴黎就要学习欧洲文化，写作小说。果然，在生命的最后几年，她发表的小说获得了川端康成的高度评价。我们从《巴黎的咖啡馆——早晨与中午》这篇文章读到的，是超脱于一切的女作家所记录的周围发生的种种故事。跟时而自我膨胀时而自我怀疑的高村光太郎相比，加乃子的个性显得强硬许多。

散文作家们似乎在下意识地回避一个问题：作为都市文化象征的咖啡馆，同时也是陌生人坐在一起分享孤独，或者暂时忘记孤独的地方。兰郁二郎（1913—1944）的短篇小说《孤独》就探究了这个根本的问题。作者从中学时代起就以写科幻小说而出名，二十二岁还跟几个同好创办了《侦探文学》杂志。后来发表了多篇科幻恐怖小说，可惜在太平洋战争中，作为记者在前往南洋的路上因飞机事故而丧命。

坂口安吾（1906—1955）是日本"无赖派"作家之一，出身于新潟县的大家庭，父亲是国会议员，背景跟太宰治有些相似。1946年发表的评论《堕落论》以及小说《白痴》受广大读者欢迎，他因此成了畅销作家。然而，由于工作量激增，他患上了抑郁症，还滥用安非他命，四十九岁就因脑出血而去世。本书收录的《人生指南》是其1954年发表的作品。主人公迷上了给报纸的人生指南栏目投稿，撰写虚构的家庭问题，结果走火入魔，失去了生意和家庭。这类"差而不坏"的男性人物，在后现代的小说里很少能看到了，恐怕是因为金钱变成了衡量一切的标准。主人公虎二郎当初为乡下的喫茶店提供拉面。今天日本小地方还有喫茶店卖意大利面或者炒饭，但是卖拉面的店铺大概早就都变成拉面专卖店了。至于当时乡下的喫茶店有没有咖啡，我们不得而知，也许有速溶的吧。

织田作之助的《神经》是在战后不久的1946年回顾战前日子的小说。仿佛作者的主人公曾常去千日前一家名叫"花屋"的喫茶店喝咖啡。在对面剧场演出的舞女们下班以后去那里吃蛋包饭、炸猪排。这就是20世纪40年代初日本大城市市民生活的写照。

竹久梦二（1884—1934）是以美人画闻名的画家，如今日本很少有人知道他也写过文章。这篇《谁人、何时、在何处、做何事？》是1926年收录于童话书《春》里的小说。故事讲到1923年关东大地震后的某一天，两个东京的中学生旷课，从御茶水，经过神田，走到银座去。那是他们毕生最大的冒险。可是，走到隅田川边，看到挂着红色窗帘的喫茶店，想进去喝杯汽水或者可可饮料，两人口袋里却只有喝茶的钱，最后还是不敢进去。由此可见，当年东京的喫茶店不只有茶，还供应多种西式饮料。

最后一篇是小川未明（1882—1961）写的短篇小说《白色大门的屋子》。小川是素有"日本安徒生"之称的童话作家，还在早稻田大学读书的时候就开始写小说，并成立了"早大童话会"。《白色大门的屋子》刊在童话杂志《赤鸟》上。有点像兰郁二郎的《孤独》，这则故事里，主人公也在咖啡馆里遇到了奇妙的人。小说中的咖啡馆有如一座舞台，上演着每个人的人生戏剧，在这里，主人公见到好几位多年没见面、几乎要忘记的故人。这篇文章给读者留下的印象很深刻：原来，咖啡馆是这么特别的地方。

辑一

解忧
咖啡吧

◎

コーヒーをお願いします

咖啡哲学序说

寺田寅彦

　　有生以来首次品尝到的香醇咖啡，已完全虏获了我这个乡下长大的少年。在对所有异国事物都向往不已的孩子心里，这股既南洋又西洋的香气，感觉就像是从未知的极乐桃源，远渡重洋吹来的一缕熏风。

寺田寅彦

(1878—1935)

◎

散文、俳句作家，也是位地球物理学家，笔名吉村冬彦、寅日子、牛顿、薮柑子。他出生于东京，家中是高知县士族，因生于戊寅年寅日，故名寅彦。高中时受英文老师夏目漱石、物理老师田丸卓郎的影响，立志钻研文学与科学，并曾加入夏目漱石所主持的俳句同好团体"紫溟吟社"。1899年进入东京帝国大学理学系就读，并于1908年取得理学博士学位，在学期间多次在杂志上发表散文作品。曾任东京帝国大学教授、理化学研究所研究员，亦为帝国学士院成员。

他的散文题材多元，除了写故乡高知的风物、回忆，也自数学、物理和其他自然科学领域取材。著有《冬彦集》《薮柑子集》等散文集。

我在八九岁时，奉医师之命，被迫开始饮用牛奶这种饮品。当时，牛奶还称不上是平民大众的一般嗜好品，也并不是经常饮用的营养补充品，而是比较像供体弱多病者饮用的一种药品。当年有很多老派人士觉得牛奶和那些所谓的浓汤，简直是奇臭无比，难以入口。只要一喝下肚，就会上吐下泻。其实那个年代也有不少摩登洋派的人，例如我当年就读的番町小学，同学里就有个小少爷经常带面包和奶油来当午餐。我连那个东西叫奶油都不知道，只是从邻座瞪大了穷酸好奇的双眼，目不转睛地看着他用一根宛如象牙耳扒的棒子，把装在切子[1]小玻璃罐里那些看似诡异黄蜡的东西舀出来，涂抹在面包上。相对的，也有些出身于世居江户家庭的孩子，津津有味地吃着蝗虫佃煮[2]。这种东西，在我的老家根本就不被认为是人吃的食物。因此，我也会以带有另一种含义的惊讶眼神，瞠目结舌地盯着他们看。

　　我人生当中第一次喝到的牛奶，味道果然还是像难以下咽的"药"。为了让它稍微容易入喉一些，医师总不忘在药方当中搭配些许咖啡。漂白的棉布小袋子里，装着一撮微量的粉状咖啡，要把它

1　切子是在玻璃器皿上雕刻花样的一种日本工艺技法，以江户切子最负盛名。（本文所有注释如无特殊说明均为译注。）

2　佃煮是以酱油和糖煮成的佐饭小菜。

浸泡到热牛奶里，萃取出其中的精华，就像治感冒的中药一样。总之，有生以来首次品尝到的香醇咖啡，已完全虏获了我这个乡下长大的少年。在对所有异国事物都向往不已的孩子心里，这股既南洋又西洋的香气，感觉就像是从未知的极乐桃源，远渡重洋吹来的一缕熏风。不久后，我搬回乡下老家，但每天都还是少不了要喝下一合[1]的牛奶，而在东京时品尝到的香醇咖啡，却只能回味了。当时一般人很喜欢一种叫作咖啡糖的产品，也就是在方糖里裹入一小撮咖啡粉。这种东西在入口时，里面的咖啡往往早已变质成一种散发着药臭和霉味的异样物质。

到了高中时期，我已会在平时喝牛奶，但并不会加咖啡这种奢侈品。此外，家里有个糖罐，装的是用来加进牛奶里的砂糖。我经常就用牙刷柄等工具，从糖罐里舀出砂糖来直接当甜点吃。每逢大考前等重要时刻，罐子里的砂糖就会消耗得特别快。之后随着时光的飞逝，直到三十二岁那年春天启程赴德国留学之前，对咖啡的印象，就只有这件事还留在我的记忆里。

我在柏林寓居的地点，是位于诺伦多夫十字路口附近的盖斯伯格街，年迈的屋主是陆军将官的遗孀。这位老奶奶态度倨傲，但总会准备很不错的咖啡给我喝。每天早上，我都会穿着睡衣，从住处二楼眺望耸立在窗前的煤气公司的圆塔，一边喝着女仆赫米娜送来的热咖啡，一边啃着我的早餐。基本上，柏林的咖啡和面包算是名

1　合是日本的度量单位，一合约等于一百八十毫升。

不虚传的美味。早上我通常会搭电车到菩提树下大街附近，前往大学上课。课程有时是九十点开始，有时是十一点开始。上午的课程结束后，再到学校附近用餐。由于早餐量少，午餐时间又晚，况且我们又不像德国人会在上午多吃一次早点，所以到了中午当然饥肠辘辘，于是便吃下分量相当可观的午餐，结果必然就是餐后会有强烈的睡意袭来。下午的课程从四点开始，若利用中间空闲的两三个小时回住处，恐怕会把大部分的时间都浪费在电车上。因此，到大学附近的各大美术馆好好地参观，或到柏林古意盎然的街区漫步，钻进几条小巷逛逛，又或是到蒂尔加滕区，在树下散步，甚至是到腓特烈大街或莱比锡大街的街头瞧瞧橱窗，也就是来一场"柏林版的银座闲逛"，是消磨这段时间的最佳选择。如果还有空当，我总习惯待在咖啡馆或甜点店的大理石桌前读报，一边啜饮着"有鲜奶油"或"无鲜奶油"的咖啡，一边掩饰内心那股淡淡的乡愁。

我原以为柏林的冬天并不那么寒冷，事实上它既灰暗又阴郁，奇妙的沉重睡意宛如浓雾，让人以为它封锁了整座城市。它和我不自觉的轻微慢性乡愁混合之后，形成一种特别的困倦，压住了我的额头。为了赶走困倦，我其实极度需要这杯咖啡。午后三四点的咖啡馆里，还没开始飘散那些吸血鬼的脂粉香，幽静至极，说不定还会有老鼠跑出来。甜点店里的顾客绝大多数是散发着居家氛围的女士，因此不时会传来开朗热闹的女高音或女低音。

后来到各国旅游，我也都一直保持着这个喝咖啡的习惯。在斯堪的那维亚半岛的乡下喝咖啡时，常会出现异常坚固厚实，恐怕连敲都敲不破的咖啡杯，而这种咖啡杯也让我亲身体验到一项有趣的事实：原来杯缘厚薄不同，喝到的咖啡口味就会产生差异。此外，喝咖啡也让我知道了原来俄罗斯人说的咖啡，发音和日式发音颇为相似，而昔日圣彼得堡一流咖啡馆里的甜点则是极尽奢华，滋味绝佳。我总觉得，从咖啡里也可看出一个国家的社会阶层情况。就我个人的经验而言，伦敦的咖啡多半口味不佳，我最多只能勉强喝喝 ABC 茶馆[1]或黄金狮王红茶馆[2]的大众红茶。有人认为，英国人拥有健全的常识，是因为他们既喝红茶，又吃牛排这种原始的食物。普鲁士地区一带的民众大多神经紧张，或许是美味咖啡刺激下的产物。

巴黎的早餐咖啡和分段切开的长棍面包早已闻名遐迩。这让我想起以前有段时间，每次服务生史蒂芬说完"先生，这是您的早餐"之后，摆到小桌上的那份法式早餐，那是我一天当中极大的享受。在玛德莲教堂附近的某家一流咖啡馆，我还有过一段令人称奇的经历。我喝到的那杯咖啡，热气凝成的水滴竟吸附在咖啡杯的托盘上，托盘可随杯子一同拿起。

从西洋回国后，我常趁着周日，到银座的风月堂喝咖啡，因为当年我实在不知道还有哪里可以喝到像样的咖啡。有些店家端出来的咖啡，喝过之后不仔细想想，还真搞不懂这种味道究竟是咖啡还

1　ABC 茶馆（Aerated Bread Company）设立于十九世纪六十年代，巅峰时期在伦敦拥有上百家分店。

2　黄金狮王红茶馆设立于 1717 年，是一家英国红茶专卖店。

是红茶，甚至偶尔还会喝到带着红豆汤味的咖啡。有一位德国钢琴家 S 和一位大提琴家 W，两人焦不离孟，孟不离焦。他们经常在同一时段分别来到风月堂，在此不期而遇。看来他们也同样在这杯咖啡里，品尝到了柏林，甚至是莱比锡大街的梦想滋味。当时，店里的服务生还穿和服系角带。震灾[1]后，店面搬迁到对街，员工也改穿燕尾服之类的服装，从此我便觉得这家店变得高不可攀了。另一方面也是因为 S、F、K 等适合我们这种人去的咖啡馆陆续出现，我自然就比较常往这几家店跑了。

我自认不论是对咖啡，还是对其他任何餐点，都称不上是个"老饕"，却能自然而然地分辨出这些店里的咖啡滋味各有不同，就连鲜奶油的香气也因店而异。我隐约明白，这些都是重要的味觉元素。咖啡的呈现方式，的确是一门艺术。

然而，我总觉得自己似乎不是为了喝咖啡而喝咖啡。在家中厨房费尽心力才煮出来的好咖啡，拿到乱七八糟的客厅书桌上品尝，总好像少了点什么，喝完还是不觉得自己已经喝过咖啡了。不管是不是人造品，总之就是要在大理石桌或在乳白色的玻璃桌上，摆上闪闪发亮的银器，还要有一枝康乃馨散发着芬芳，餐台上的银器和玻璃杯盘也要如星空般闪耀。夏天要有电扇在头上低吟，冬天则要有暖炉散发出微微的暖热。若不如此，咖啡仿佛就无法呈现出它该有的滋味。咖啡的滋味，是从咖啡中提炼出来的一首幻想曲，而要

1　震灾是指发生在 1923 年 9 月 1 日的关东大地震。

提炼出这首曲子，终究还是要有适当的前奏或伴奏。银器与水晶杯的闪亮光芒，构成一个个和弦，而周遭的一切事物，则共同成为演奏这首幻想曲的乐团成员。

当我正在钻研的工作遇到瓶颈时，我总会为了上述这层理由而喝咖啡。在咖啡杯缘就要碰上双唇的那一瞬间，我常会觉得灵光乍现；一道光就这样灌注到脑中，帮我轻松自在地找出解决难题的线索。

我曾想过这些会不会是咖啡成瘾的症状。然而，若真是成瘾，不喝时精神状态应该会明显萎靡，唯有在喝过咖啡后才能恢复正常。目前的我应该还不至于到那种地步，咖啡这款兴奋剂，在我身上发挥的都是正常作用和效果，这一点保准错不了。

我原本就知道咖啡是一种兴奋剂，却只有一次真正亲身体验到了咖啡的这个功能。我曾因生病而有一年以上的时间完全没喝咖啡。后来，某个秋日的下午，我前往暌违已久的银座，浅尝了一小杯咖啡，接着便信步到日比谷附近，却发现四周的景物与平时截然不同。公园里的树林，街上往来的电车，所有原本司空见惯的一切，全都变得优美好看、明亮开朗，就连街上的每个行人，看起来也都干练可靠。简而言之，当时的我觉得世上的万事万物都充满了祝福和希望，闪亮璀璨。回过神来，我才发觉自己的双手掌心冒了好多冷汗，不禁赞叹："原来如此！咖啡还真是骇人的毒药。"我也惊觉其实只需些许药物，人类就能被随心所欲地控制，真是一种可悲至极的生物。

据说喜爱运动的人，在观赏运动赛事时，也会陷入同样的亢奋状态。笃信宗教的人，应该也曾有过类似的恍惚经历吧。这种状态，难道不会被那些自称"某某术"的心灵疗法等拿去利用吗？

在所谓的禁欲主义者眼中，酒或咖啡之类的东西或许真的是百害而无一利之物。然而，举凡艺术、哲学和宗教在人类精神及肉体上所产生的效果，其实和酒、咖啡等极为相似。甚至在禁欲主义者当中，还曾出现过因为醉心于禁欲主义哲学，年纪轻轻就自绝于世的罗马诗人哲学家，还有因为沉醉在电影或小说等艺术之中而窃盗放火的少年。耽溺于外来哲学思想而引发骚动，最后断送自己性命者，也不在少数。有些中年男子沉迷于类似宗教的信仰，让家人以泪洗面。据说也曾有过君王不惜为了信仰而大动干戈。

艺术、哲学和宗教，不都是要在它们成为人类的原动力，推动人类从事显性的实用活动时，才有实质的意义与价值吗？就这层含义而言，放在大理石桌上的那杯咖啡，对我来说，或许就可以说是我的艺术、哲学和宗教。如果有了它，我多少能提升处理本职工作的效率，那么它至少比水平欠佳的艺术、半吊子的哲学思想，或令人半信半疑的宗教来得更有用。要是有人认为我的原动力未免太过廉价，听起来不够光彩，甚至有点贪嘴好吃的意味，那我也只有认了。但真要说起来，有这样的原动力，或许也没什么不好。

宗教往往令人沉迷，让人的感官与头脑受到麻痹，这一点和酒类似；而咖啡的效果是让感官敏锐，让观察和认知变得更澄澈，这一点似乎与哲学有几分相近。因为酒或宗教而致他人于死地者，不在少数，但因醉心于咖啡或哲学而犯罪者，实属罕见。这或许是因为前者是一种信仰式的主观，后者则是一种怀疑式的客观吧。

而艺术这种美馔的可口滋味，有时的确很醉人。它让人沉醉的原因可能是前面提过的酒，也可能是尼古丁、阿托品、可卡因、吗啡等各种物质。或许艺术可用这些成分来分类，到头来人们便会感叹为何可卡因艺术或吗啡文学竟如此之多。

我的这篇咖啡漫谈，一不小心就写成了一篇活像咖啡哲学序说的文章。这或许也是因为刚才喝的那杯咖啡带来了醉人的效果吧。

在咖啡馆里

萩原朔太郎

　　根据尼采的说法，不断地劳动是一种低贱而粗俗的嗜好，证明了人类缺乏文化上的感性。而在现今日本这样的新兴国家，人们被迫不断地劳动，根本无从享受此等闲散的心情。试想在巴黎的咖啡馆里，拿着一杯红酒，望着马栗树的叶子翩然凋落街上，就能消磨半日浮生。

萩原朔太郎

(1886—1942)

◎

诗人,被誉为"日本近代诗之父"。他生于群马县的医生家庭,少年时期受堂哥影响,开始学习创作短歌,此后在《明星》《朱栾》等文艺杂志发表短歌长达十余年。

1913 年,他先是在北原白秋主办的杂志《朱栾》上读到室生犀星的诗,深受感动,接着自己也在《朱栾》上发表了多篇诗作,就此跻身诗坛。之后,他与诗友成立了人鱼诗社,并于 1917 年出版了首部个人诗集《吠月》,受到文豪森鸥外的大力推崇,在诗坛奠定了稳固的地位。三好达治、堀辰雄、梶井基次郎等文坛上的重量级作家,皆曾师从萩原朔太郎。1935 年前后,萩原朔太郎进入创作高峰期,诗、散文、评论等作品接连问世,发表平台遍及报纸、杂志和书籍。他的诗作以口语写成,后人将他与高村光太郎并称为口语自由诗的奠基人。

1993 年起,群马县为纪念这位在当地出生的诗人,设立了评选现代诗的"萩原朔太郎奖",至今仍年年评奖。

前几天，有个大阪的朋友来拜访我，于是我便带他到银座一家颇具水准的咖啡馆去。毕竟在大学生不多的大阪没有真正的咖啡馆，这件事应该会是一则稀奇的旅途趣闻才对。果不其然，朋友觉得很稀奇，说了以下这段感想：

　　"我从刚才就一直在观察，这家店里有很多人都只是喝杯红茶，就愣愣地坐上半个小时。这些人究竟在想什么？对于崇尚'时间就是金钱'，舍不得虚度一分一秒空当，整天忙着在市区东奔西跑的大阪人而言，看到东京这种咖啡馆的光景，会觉得这里是个闲人聚集之处，甚至应该觉得很不可思议才对。"

　　听他这么一说，我才开始思考咖啡馆里的顾客究竟在想些什么。其实，他们心里应该是什么都没想吧！不过话虽如此，他们倒也不是为了缓解疲劳而休息。换言之，他们是把漂亮的年轻女孩和优美的音乐当成了背景，在此享受着都市生活的闲散氛围。这就是一种文化上的闲情逸致。过去的日本江户和现今的法国巴黎等地，市区里随处可见这种闲人聚集的场所，这证明了文化要有悠久的传统，才能蕴含更多的闲情逸致。根据武林无想庵[1]的说法，全世界的大都市

　　1　武林无想庵（1880—1962），日本小说家、翻译家。

当中，就只有纽约和东京缺乏这种闲情逸致，但至少东京还有咖啡馆，因此或许还比大阪来得好一点。根据尼采的说法，不断地劳动是一种低贱而粗俗的嗜好，证明了人类缺乏文化上的感性。而在现今日本这样的新兴国家，人们被迫不断地劳动，根本无从享受此等闲散的心情。试想在巴黎的咖啡馆里，拿着一杯红酒，望着马栗树的叶子翩然凋落街上，就能消磨半日浮生。这样的生活，光是听着都觉得奢侈至极。昔日江户时代的日本人，会在理发店里闲聊或下棋，消磨掉大半天的时光。文化的传统越悠久，人在心境上越有闲情逸致。生活悠哉闲适，日子才会过得更好。这就是所谓的"太平盛世"。如今的日本与太平盛世差之远矣！盼能在日本打造出具有闲情逸致的生活环境，纵然回不到昔日的江户，至少也该有巴黎或伦敦的水平。

甜话休提

古川绿波

　　我不只忘不了这家店里的"美人"，也忘不了巧克力和抹茶冰淇淋的美妙。

　　走近新桥，就会看到千疋屋。若要吃草莓鲜奶油蛋糕，还是这家店卖的好吃。因为它是一家水果店，所以雪酪的滋味也很不错。

古川绿波

(1903—1961)

◎

本名古川郁郎，是 20 世纪 30 年代家喻户晓的谐星。他出生于东京的男爵之家，却因不是长子而被送到姑夫家抚养。古川绿波很早就展现出他的文学才华，小学三年级时为自己取了"绿波"这个笔名，并从初中开始，向《电影世界》《电影旬报》等专业电影杂志投稿。

1925 年，古川绿波自早稻田大学英文系辍学后，原想潜心写作，后因模仿各种声音的表演而踏上演艺之路，他还将这种表演命名为"声带临摹"。在菊池宽和小林一三的鼓励下，他转行成为喜剧演员，红极一时，曾于 1945 年担任战后第一届红白音乐大赛（红白歌唱大赛[1]的前身）的白组主持人。

古川绿波的文学作品以电影评论和散文为主。酷爱美食的他，在战时和晚年经济困窘时，对饮食仍很讲究，并著有《绿波食谈》和《悲食记》这两本专谈饮食的散文集。

1　红白歌唱大赛又称 NHK 红白歌合战，是日本放送协会（NHK）自 1951 年起每年播出一次的音乐特别节目，有极高的收视率。——编者注我的饮食札记已经写了二十几回，却从没谈过甜食，因此有人来问我："是不是不写甜点了？"似乎许多人都因为我嗜酒，就觉得我对甜食一窍不通。这个玩笑可不能乱开。我小时候不喝酒，所以大吃各种甜点；开始喝酒之后，还是很爱吃甜食。换言之，我是双刀并用。但也因为这样，糖尿病这种高级的毛病，几十年来都一直伴我左右。那么，今天就让我们来谈谈甜食吧。

　　既然前面提到了双刀并用，我姑且就从这里开始谈起。我不太能理解"嗜酒之徒就把甜食拒之门外"这种论调，而我也找到了一个证据，可以证明嗜酒者不见得都排斥甜食。在餐馆用餐时，整套餐点都上桌之后，店家不都会送上豆沙小包之类的甜点吗？我很喜欢这种安排。先痛快地喝完酒，之后再吃甜食，这的确是一种享受。最让我迷恋的，就是一边呼呼地吹凉，一边吃下温热的豆沙小包。同样是豆沙类的甜点，练切[1]这种甜点就无法达到同样的境界，还是要搭配豆沙小包类的甜点，而且一定要是温热的。京都的旅馆常会在早上供应这样的点心，吃起来真是一大享受。

　　前面谈到了面点类、和果子类的甜食，但我个人其实是个西点派。

　　1　练切是以白豆沙为原料的一种日本甜点，外观通常带有季节特色。

我从小就喜欢那些人称饼干、蛋糕的西点，时至今日，我还是对西点情有独钟。且让我先从小时候第一次尝到的牛奶糖滋味开始吧。

我记得当年森永牛奶糖还不像现在这样装在纸盒里，而是装在薄薄的马口铁罐里。牛奶糖本身也不像现在这样只有焦糖色一种颜色，还有巧克力色、橙色等各种颜色，每一罐都是混合装的。至于它的滋味，当然也很好。我想当初森永公司应该是把它当成一种高级甜点来销售的吧。从马口铁罐装的时代起，包装上就已经有长着翅膀的天使标志。在森永推出牛奶糖的这段时期，森永珍珠糖、薄荷糖等平民的糖果产品也相继问世。而这些甜点，则是装在类似于装种苗用的纸袋里。在小学举办的郊游活动当中，这些甜点简直被捧上了天。牛奶糖除了森永家的之外，也有雀巢等其他各家厂商所推出的商品，水饴也是同一时期问世的产品，而口香糖也是在这个时期开始风行的。

不过，这些毕竟都是平民的西方小点心。市面上奢华的西点有风月堂的蛋糕、青木堂的饼干等。我永远忘不了当年收到风月堂礼盒时的那份喜悦。高级的礼盒会使用桐木盒，里面装满了带有装饰的海绵蛋糕，蛋糕外层撒满银色的小糖球和草莓造型的小巧糖果。所谓的"撒满"，只是一种外观上的感觉，在海绵蛋糕的缝隙中，到处都可以看到它们的踪迹。打开桐木盒盖，蛋糕的香气就会扑鼻而来，那是一种温柔的奶油芬芳。

前面我还提到了青木堂的饼干。虽说是饼干（biscuit），但其实是曲奇饼（cookie）[1]，种类也五花八门。其中最奢侈的是马卡龙。我后来才知道，原来《玩偶之家》里的娜拉常吃的就是这种甜点，我猜想易卜生自己可能也是马卡龙的爱好者吧。马卡龙那略显浓郁的滋味，使其成为法国干式西点（非糖果类）之王。除了马卡龙之外，还有甜饼、酥饼、松饼和硬饼干等种类，还有葡萄干曲奇。这些西点，不管美味与否，只要一放入口中，浓郁的奶油就会在嘴里散发出甜香。啊！我又想起了它们的滋味。长大后，我渐渐觉得之所以会有那样的美味，是因为自己在回想时过度美化了童年。换句话说，如果现在再吃到同样的东西，会不会觉得它们其实没什么大不了的？不过，最近我听当年和青木堂有些渊源的人说，青木堂当时的干式西点，都是从法国进口的。如此一来，口味当然好。我不禁感叹，原来往昔的日本也曾这么奢侈过。

青木堂这家店，当时在市区里有好几家连锁店，我这里说的是曲町那家店。本乡地区的赤门旁也有一家青木堂，二楼设有咖啡馆。我还记得在那里吃到的泡芙，以及装在大杯子里的可可饮料的滋味。或许正是因为当年我对这些干式西点格外钟情的关系，一直到长大后，我都还是喜欢曲奇饼类的西点。

战争爆发前，银座科隆邦咖啡馆卖的曲奇饼好吃得不得了。神户的尤海姆等其他店里卖的曲奇饼也很美味，但我还是最喜欢科隆

1　日本对饼干和曲奇饼有很清楚的规定。只有当饼干中的糖与食用油成分合计占到总成分的一定比例以上，且外观具有特定的风格，才可称为曲奇饼。早期的曲奇饼较为高级，价格也较贵，故有此规范，以避免消费纠纷。

邦，三色旗次之。三色旗的曲奇饼稍微偏甜，吃来略腻，但又别有一番风味。我出外旅游时，还会请人先寄送到旅游地点，因为我每天早上都要品尝一些。

那么，若要问我战后究竟哪里卖的曲奇饼好吃，我的答案是：目前找不到可与战前那些店匹敌的美味曲奇饼。会有这样的现象，其实也不无原因。首先是面粉的问题，其次是奶油的问题。现在日本无法进口二战前那种外观黄澄澄的澳大利亚奶油（现在市面上那种没有奶油味的奶油，这时实在是派不上用场），只能委屈将就。因此，基于原料上的问题，现在东京各家西点店所做的曲奇饼，再怎么做都无法像过去那样维持适中的硬度，大多会偏向某个极端，不是太硬就是太软。

泉屋的曲奇饼近来知名度大增，但它的硬度高，口感有点像仙贝，得咔嚓咔嚓地用力啃才行。口味上虽然少了点奶油香，但已经是做得很不错的了。幸运草家的曲奇饼稍微偏甜，但口味浓郁。另外，不知道是不是因为原味饼干偏甜的关系，这里还推出了一种干酪口味（不甜的）曲奇饼，倒是可以"吞得下去"。坎特也卖曲奇饼，但没有将主力放在这款商品上。它们的磅蛋糕和水果蛋糕很美味，可是曲奇饼很容易碎，只要从店里带回家，饼干就会碎成粉末。我也试过德国烘焙坊、科隆邦这几家的曲奇饼，但都无可避免地出现了时下曲奇饼常见的易碎问题。前几天，我到大阪去的时候，聊到了这个话题，阪急点心坊的人让我尝一尝他们的曲奇饼，请我带了一盒回家。饼干在火车上一直保持完好,吃起来口味也很正宗,水平颇高。杏仁果家的曲奇饼不会太甜,口味偏淡,因此吃再多也不腻。这家的马卡龙一如店名,以大量杏仁果制成,最是美味。还有小蝴蝶酥也很不错,硬度适中。

这一次都在谈曲奇饼。下次还会再继续聊一点甜话。

这次我们的主题从曲奇饼进入蛋糕,来谈谈西点的古往今来。

一般人所谓的"蛋糕"这种西点,其实种类繁多。二战前,若要论远从明治时代就有的海绵蛋糕(长崎蛋糕),做得最好的莫过于上次提过的风月堂连锁店。加入大量奶油的蛋糕滋味浓郁,是很奢华的一款西点。说到风月堂的明星商品,我记得好像还有松饼,日语里也会读成华夫饼。这里的松饼有两款,一种是奶油馅的,一种是杏桃果酱馅的。不知道战后这款商品是否依旧屹立不摇。

二战前,若想在银座找到美味的蛋糕,除了风月堂之外,还可以沿着回忆里的银座,沿路走到朋友咖啡店、德国烘焙坊、科隆邦、爱斯基摩看看。

朋友咖啡店迄今仍在营业,但感觉以前更加沉稳,更加受欢迎。二楼西餐的口味也不差。至于蛋糕,整体而言是很正宗的,口味佳,价格也公道。

二战前,德国烘焙坊卖的是独特的年轮蛋糕和肉馅饼。这些都是在其他店买不到的商品。战后,德国烘焙坊(有乐町店)虽然还有肉馅饼卖，但以前的肉馅饼更大，口感也更湿润。话虽如此，因为其他店毕竟很难找到肉馅饼，所以我还是会专程到有乐町去买。当听到店主说肉馅饼现在只有周六才做的时候，我还是不免失望。另外，这家店特有的年轮蛋糕，最近也改成只在周三和周六卖，让不少专程前去抢购的人败兴而归。

其实现在另有不少西点店推出年轮蛋糕。我记得最早开始卖这种西点的是神户的尤海姆，我买了带走，在家里品尝过后，只觉得味道很无趣。因为在家没办法像店里切得那么薄，再者，不搭配鲜奶油一起吃，它的价值更是连一半都没有。

话题再回到肉馅饼。八重洲口的不二家也卖肉馅饼，不过这里卖的是美式肉馅饼，分量十足。坎特先生经营的熟食店（并木通店），在战后也卖起了德式的肉馅饼，但与其说是点心，不如说更像一道下酒菜。说到馅饼，我想顺便报告一下，最近我在新桥的杏仁果店（指的是西餐馆，不是咖啡馆）吃到了暌违已久的野味馅饼。二战前，帝国饭店的西餐馆里总会有这道菜，如今竟在杏仁果与它不期而遇，我欢喜不已。

话题从甜食岔开到旁门左道去了。让我们再回到正途，看看战前银座的西点。

银座大街上的科隆邦，据说老板已交班给了下一代，而之前的店主现在掌管的同名店铺，则位于西银座。大马路上的那家店，二战前曲奇饼做得最好，蛋糕做得也很细腻。最近还在店门前摆起了桌椅，说是可以让客人坐在那里，边喝咖啡边浏览银座的人来人往，感觉就像是到了巴黎。因为这样，所以它又被称为"科隆邦露天咖啡座"。如今这里已和昔日大不相同，变得大众化了。

爱斯基摩目前也仍在营业，但气氛已和战前截然不同。二战前，爱斯基摩的冰淇淋蛋糕和新桥美人[1]，堪称银座的明星商品。抹茶、巧克力、草莓、香草等冰淇淋，被层层叠叠地装进一个杯子里，宛如一杯五色酒[2]，我记得杯底还会放一些草莓酱。我不只忘不了这家店里的"美人"，也忘不了巧克力和抹茶冰淇淋的美妙。

走近新桥，就会看到千疋屋。若要吃草莓鲜奶油蛋糕，还是这家店卖的好吃。因为它是一家水果店，所以雪酪[3]的滋味也很不错。

提到冰淇淋，就要再回到尾张町，我们可不能忘了二战前的奥林匹克。奥林匹克这家店里贩卖各种美式冰淇淋蛋糕、圣代，而在冰淇淋上搭配香蕉，或撒上捣碎的核桃等，应该就是从奥林匹克起源的吧。

这些口味浓重的冰淇淋固然好吃，但放在银杯里的雪酪，更是让人看了就透心凉，最适合用来消暑清心。不过，在战后的东京，能吃到好吃雪酪的店变少了。我想这是因为雪酪被那个从美国来的家伙——冰淇淋抢了风头的缘故。冰淇淋这种东西固然也有它的出色

---

1 新桥美人是一款三色冰淇淋的商品名称。

2 五色酒是以五种洋酒调制而成的鸡尾酒。

3 雪酪是将新鲜水果冷冻至结冰之后磨碎食用的一种西式甜品，也有其他类似的做法。——编者注

之处，但只有小孩子才能那样一口一口地舔着吃，而雪酪就是给大人吃的冰品了。可惜我在银座附近找不到几家卖雪酪的店，更没有好的。我去年夏天去了一趟神户。在威尔金森，我总算吃到了睽违已久的美味雪酪。回到东京后，我又找了一些雪酪，但一直没找到理想的，好不容易才在帝国饭店的西餐馆里找到。我在冬天又去了一趟威尔金森，结果商店没营业，让我大失所望。现在只要在城市里，冰淇淋几乎到处都吃得到。至于雪酪这种东西，是不是已经变成小众食品了呢？

每当我看到小朋友们一口一口地舔着冰淇淋，再咔嚓咔嚓地吃着蛋筒，我就会想："一定很好吃吧！"我人生第一次吃到冰淇淋，又是在什么时候呢？那是在银座，一家名叫函馆屋的食品店。店面的后方附设了现在所谓的咖啡馆，我记得我就是在那里，吃到了人生第一口冰淇淋。小小的玻璃杯里装得满满的，像一座小山一样。我还记得从那座小山的山顶一点一点舔食冰淇淋的喜悦，还记得那比时下冰淇淋更黄的色泽，以及函馆屋那泛蓝的白色煤气灯光。那是明治四十几年时的银座。当时，活动影戏馆的场内销售员一边喊着"买冰——买冰激凌哟"，一边兜售的那种淡口味冰淇淋，也是我少年时期的回忆。它的味道之所以会淡，是因为粗制滥造，根本没加多少鸡蛋和牛奶，所以一个只能卖五钱左右，毕竟它就是这样的冰淇淋。不，这不是冰淇淋，它一如销售员口中的发音，是冰激凌。买了这种冰淇淋，一边看活动影戏（请容我这样说，说是"电影"的话，味道就不对了）一边吃，这就是一种幸福。我觉得好吃的冰淇淋，是长大之后有次去北海道时在札幌的丰平馆里吃的，当时也吃了不少。

中学时，我第一次用自己的零用钱买吃的，是在三好野那种类型的红豆汤铺，其实更应该说是在大福[1]店。我记得好像买了豆大福、凉糕之类的点心。那是一场十几二十钱的奢华飨宴。

上下学的途中，绕到牛奶屋坐坐，也是一大乐事。当年我就读的是早稻田中学，因此几乎每天都会到市营电车终点站附近的一家富士牛奶屋去报到，还一连去了好几年。在那个几乎还不见咖啡馆的年代，牛奶屋扮演的就是咖啡馆的角色，而且店如其名，就是以供应牛奶为主。滚烫的牛奶表面凝结出了一张薄膜，我总是一边呼呼地吹凉牛奶，一边读着《官报》[2]。不知道为什么，牛奶屋里总会有《官报》。牛奶屋的玻璃容器里，盛着一种名叫西伯利亚的蛋糕，那是一种在长崎蛋糕中间夹了白色羊羹的三角形甜点（也有夹黑羊羹的）；另外还有一种名叫雷电泡芙的甜点，它是一种茶褐色的、带有花生口味的糕点。在茶褐色的外皮上方，总会固定佐上三块染红的砂糖，所以说它和泡芙外面蘸着巧克力酱的闪电泡芙完全不同。

---

1 大福是一款包着红豆馅的和果子，属于麻薯的一种。

2 《官报》于1883年创刊，是日本政府的机关报。——编者注刚好在同一时期，东京市区里到处都开了面小包店。所谓的面小包，就是一种结合了面包和传统豆沙小包特色的食物，外层是如面包般的一层薄饼皮，里面包裹着一团红豆馅。我记得它是一盘四个，售价十钱。我的脑海中现在仍能想象出面小包那种红得泛紫的内馅，一切仿佛就在眼前。

老圣保罗咖啡馆大概是在我中学时代开设的。它不是大量供应酒水的那种店家，而是面向学生，以供应咖啡为主的店铺。老圣保罗咖啡馆在京桥、银座、神田等地都有分店，每家店都是以一杯五钱的咖啡为卖点。这一款咖啡，是用厚实的杯子盛着的香气浓郁的巴西咖啡。当年还是个砂糖多到泛滥的时代。桌上就放着砂糖罐，想舀多少出来加进咖啡里都无妨。以前还曾经有个学生，把这种糖罐里的砂糖偷偷用纸包起来，带回去给同宿舍的人当纪念品。提到老圣保罗咖啡馆，我想到的是它的胡椒薄荷果冻。此外，它的每家分店里都设有自动钢琴，只要投入五钱，就会演奏《威廉·退尔》序曲或《敷岛舰行进曲》等曲目。

总而言之，在那个时代，那样的咖啡馆或供应甜点的店铺，都令人感到明亮、愉快。于是，照例我又要说"反观现今的咖啡馆"，准备接着感叹一番。然而，只要是经历过那个时代的人，我想任谁都会对我的这个说法心有戚戚焉。如今，在战争结束后，咖啡馆这种场所，又呈现出了什么样的风貌呢？其实不论是东京，还是大阪、京都、名古屋，咖啡馆的数量都在增加。在东京，咖啡豆以摩卡类居多；而关西据说是用混合了巴西和爪哇咖啡豆的综合咖啡豆。走一趟有乐町的艺术咖啡馆，不论是巴西还是摩卡，各式咖啡一应俱全，任君挑选。只要客人点单，什么样的咖啡都可以喝得到。和以往的一杯五钱相比，现在那些动辄一杯五十元起的咖啡，听起来实在是很夸张。不过这些咖啡馆会供应擦手巾给每一位客人，服务确实不错。在咖啡馆的各项服务当中，我最喜欢杏仁果咖啡馆的各家分店在客人享用完咖啡等餐点后送上的那杯番茶[1]。这和其他地方急着带下一组客人进来，也就是赶着所谓的"翻桌"，让客人觉得被催赶着离开的感觉很不一样，仿佛是听到了店主在对客人说"请慢用"似的，感觉很舒服。

除了这种明亮的纯喝咖啡的咖啡馆之外，近来银座也出现了供客人聆听爵士乐的咖啡馆，而且数量还不是两三家，目前似乎还在不断增加。从二战前到战争开打的这段时间，人称"新兴咖啡馆"的店铺陆续出现，店内会播放唱片，或供应昆布茶等。这些店铺以漂亮的女服务生为卖点，而近来以现场音乐为卖点的咖啡馆（它们也算是一种社交咖啡馆吧）也层出不穷。我去过一家最近刚开张，兼有爵士乐和古典乐演奏的咖啡馆。在门口就先要我买餐券，让人觉得很难放松。再进到店里一看，里面几乎是一片漆黑。我视力差，所以在这家店里走动时，必须伸手摸索才行。此外，店里从大白天就开始演奏音乐，音量又大，情侣们似乎都无法好好聊天。店里的

1　番茶与下文的昆布茶均为常见的日本茶。——编者注

咖啡和蛋糕，味道也都算不上好。我完全无法理解来到这种地方的人，究竟是因为喜欢它的哪一点而愿意如此受委屈。

牧神会的回忆

木下杢太郎

　　后来找到的是一家位于小传马町的西餐馆，名叫三州屋。
这里就是个充满纯正下町风情的街区，传统的批发商行林立。
由于餐馆建筑是栋洋楼，还保有几许第一国立银行时代的建
筑风貌，我们对它情有独钟。

木下杢太郎

(1885—1945)

◎

　　小说家、剧作家、画家，本业为皮肤科医生。出生于静冈县，本名太田正雄。1911 年东京帝国大学医学系毕业，先后历任爱知县立医学专门学校、东北帝国大学、东京帝国大学医学系教授，在真菌研究方面卓有贡献。以笔名木下杢太郎走红于文坛，深受同样兼任医生和作家的森鸥外影响，有"小森鸥外"之称。上学期间加入与谢野铁干的新诗社，开始发表诗歌、戏曲、小说与随笔等作品，并与文友组成文学团体，因融合了江户趣味与异国情调的享乐诗作获得好评。出版有诗集《食后之歌》和戏剧《南蛮寺门前》《和泉屋染物店》等。

北原足下，尽管你盛情请托，但我这十几年来的日记本和记事本，大多毁于东京的那场大地震当中，所以对牧神会[1]的诸多细节，目前实在是回想不起来。不过，正巧明治四十二年和四十三年的日记还留着，我就试着节录一些在这段时间所写的内容。不过我的日记写得并不仔细，因此缺漏甚多。

　　直到四五年前，我都还很怀念那个时代，不时会回忆起当年的光景。然而，如今时间已相隔许久，我对当时的事已不太感兴趣了。

　　整件事的起源约莫是在明治四十二年，我和经营《方寸》这本杂志的石井、山本、仓田等成员们常有往来，提到日本没有像西洋的咖啡馆这样的场所，因此也没有所谓的咖啡馆风情可言。于是就有人说，既然如此，那我们就自己来办一个有这种气氛的集会。当年我们很喜欢读印象派的绘画评论和历史，此外，由于当时是上田敏先生积极写作的年代，受到他的翻译作品的影响，我们会想象巴黎的艺术家和诗人们的生活，想东施效颦一番。

　　在此同时，江户品味通过浮世绘等艺术创作，一再地撩拨我们

1　牧神会由北原白秋、木下杢太郎等文人，与美术同人刊物《方寸》的成员共同创办，是艺术家们谈论艺术的集会，于1909年前后召开第一届大会，直到1913年左右解散。

的心。到头来，牧神会其实是在对江户风情和异国风情的憧憬下诞生的。

当时，要找一间像咖啡馆的房子，还真是让人煞费苦心。原本在东京各处都寻不着这样的建筑，某个周日，我花了一整天在东京各地奔走，最后总算在快到两国桥的地方找到了一家西餐馆。（其实原本大家的要求，是要找位于下町，最好还是可以看得到大河的地点。若不能在河岸边，就退而求其次，找个洋溢着下町风情的地点将就一下。）起初两三次集会都在那里举办，但那栋建筑实在太寒酸，且毫无风情可言，大家很快就腻了。后来找到的是一家位于小传马町的西餐馆，名叫三州屋。这里就是个充满纯正下町风情的街区，传统的批发商行林立。由于餐馆建筑是栋洋楼，还保有几许第一国立银行[1]时代的建筑风貌，我们对它情有独钟。这家店的老板娘是世居此地的老江户人，有次召开大会时，她为我们找来了葭町[2]一流的艺伎，众人都想起了那幅收藏在美术学校里的《长崎游宴图》，开心极了。

后来，位于深川永代桥畔的永代亭，因为可饱览大河美景，所以也经常成为牧神会的会场。

许久之后，小网町开了一家"鸿乃巢"，我们都称它为"Maison Konosu"，假装充满异国风情。

1　第一国立银行是日本近代第一家银行，于1873年开业，地点位于东京的日本桥，在小传马町附近。

2　葭町位于现今的东京日本桥人形町一带，过去曾是日本知名的烟花之地。

年轻太美好。当时我们个个都趾高气扬，还赋予这个奔放不羁的集会极大的文化意涵，并为此而得意扬扬。

接下来我就试着节录日记上记载的关于牧神会的一些片段。

明治四十二年（1909 年）1 月 9 日，周六，召开牧神会，地点我忘了。当晚在森博士府上有观潮楼歌会[1]，出席牧神会的成员当中，后来有两三人都赶去赴会了。这天夜里下起了雪。

（当月 13 日，在上野的精养轩召开了青扬会。我的日记上写着"上田先生讲得煞有介事"，好像是上田敏先生在会中发表了什么演说吧。）

（当月 18 日，撰写多时的《南蛮寺门前》终于完成了。我急忙把稿子誊写到美浓纸上，并趁着当晚拜访森博士府上时，请博士过目。博士读完哈哈大笑。）

同年 2 月 13 日，周六，召开牧神会，地点不详。这天去了神田的安田旅馆，找一位名叫朗夫的德国人，他在伊上凡骨[2]门下学雕版，我带他一起去参加了牧神会。

同年 3 月 13 日，周六，召开牧神会，地点应该是两国这一侧的

1　观潮楼歌会由森鸥外主办，自 1907 年 3 月起，一般于每月第一个周六晚间，在鸥外自家二楼召开。

2　伊上凡骨（1875—1933），日本知名的木版画雕版师。

某家西餐馆二楼，朗夫也有出席。此外，最难得的是荻原守卫[1]露了面，而且在聚会开始后，岛村盛助[2]也来了。这天晚上直到夜色已深才散会，众人便在万世桥附近一家叫佐佐木旅馆的地方留宿。仓田白羊[3]向旅馆请托，说我们是京都浅井忠[4]大师的门生，来参加师父的祭祀法会，本来打算要回去，但天色已晚，请旅馆让我们住一晚，旅馆才让我们住下。我以往从不曾在外留宿，因此整夜忐忑难眠。

同年 3 月 27 日，周六，召开牧神会，地点不详，应该同样是在西餐馆，不过日记上写着"透过红色和绿色的玻璃看公园"，所以说不定是我记错了。石井柏亭[5]说这是在东京实践"如何在巴黎玩乐"（这句话好像是一本英文书的书名），当时牧神会的氛围的确如此。（这个月的 5 日有观潮楼歌会，佐佐木博士、吉井、北原、与谢野、伊藤、古泉、斋藤、平野、上田等多人出席，可以说是这个歌会历来最盛大的一次活动。）

1　荻原守卫（1879—1910），雕塑家，曾赴美学习西洋画，后转往法国朱利安艺术学院学习雕塑。

2　岛村盛助（1884—1952），研究英国文学的学者，创作小说并从事翻译，曾从夏目漱石。

3　仓田白羊（1881—1938），西洋画家，曾师从浅井忠，与石井柏亭交情甚笃。

4　浅井忠（1856—1907），西洋画家，曾赴法国习画，回国后于京都高等工艺学校任教。

5　石井柏亭（1882—1958），版画家、西洋画家，也是艺术评论家，曾师从浅井忠。

同年 4 月 10 日，于深川永代桥畔的永代亭举办牧神会。这天上田敏先生因事前来东京，故也出席盛会。我们逼他多喝几杯黄汤，还要求他唱首巴黎的歌曲让众人一饱耳福。上田先生无可奈何地起身，唱了一首简短的法文歌，也发表了一番谈话。我从上田先生口中听到他对《南蛮寺门前》的看法，大为感激。

　　日记上还记载了这天大家讨论到永井先生的《法兰西物语》，以及汤浅先生的委拉斯凯兹的临摹画等。

　　当时牧神会的光景，我至今都还记忆犹新，但要详述实在是太费事了。那天不知为何，我带了一张画有三个女人头像的海报赴会，贴在入口处尽头的屏风上。记得当天好像还有位名叫出口清三郎的画家出席，不知他是否别来无恙。

　　有谣传说这天的牧神会被当局误以为是某种非法集会，因此有两位刑警到场。我们至今仍认为确有此事，当年的确是有两个貌似刑警的人，在隔壁的和室喝着酒。不过一切究竟是否真如传闻所言，令人存疑。这天的归途中，醉意甚深的山本鼎和仓田白羊沿着栏杆，爬上了拱桥的最顶端，还从桥上对着河里小便，让众人为他们捏了一把冷汗。

　　同年 4 月 10 日，牧神会。这天应该是一场人数较少的集会。

　　（同年 5 月 21 日，北原给我们的杂志命名为《屋顶庭园》。）

此时牧神会逐渐受到各方肯定。同年 11 月 27 日，周六，有乐座的自由剧场演出（应该是《约翰·盖勃吕尔·博克曼》[1]的首演）散场后，"涉谷村一行人，岩野先生、蒲原先生、岛崎先生"，再加上一些我们牧神会的成员，共二十五人来到东洋轩，在岩村先生登高一呼之下，开香槟举杯欢聚。

明治四十三年（1910 年）年 2 月 7 日，牧神会。山崎来访，我和他一起绘制海报，我画的是异国风。山崎没到会场，又做了绘有牧神的大灯笼。当天的会场是三州屋。除了固定班底之外，还有藤岛先生、铃木鼓村先生、与谢野先生、水野叶舟、安成等许多成员出席，但日记上并未详细记载。

同年 2 月 27 日，牧神会例会。当天有高村、石井、小山内、北原、吉井、长田等人出席，人数较少。

这一天，我才得知《屋顶庭园》的第二期被勒令停止发售。

同年 11 月 20 日，牧神会于三州屋举办活动。长田、柳、吉井、猿之助、南、高村、永井、山崎、谷崎、武者小路、小宫、岛村、柏亭、青山、一平等人，以及其他许多来宾出席。

这天的集会因发生"黑框事件"而声名大噪。高村拿了一张海

1　《约翰·盖勃吕尔·博克曼》是易卜生的剧本，原名 *John Gabriel Borkman*。

报，大大地写着"贺长田秀雄君入伍"，还画上了一个黑框，并挂在会场的墙上。《万朝报》的记者独自前来，在现场又不认识其他人，便受到了冷落。他为此相当气愤，隔天就在该报的社论栏上拿这件事大做文章，强烈抨击本会。

而牧神会也在此时达到极盛巅峰，之后便每况愈下了。

为呈现当时的时代氛围，我稍事补充。11 月 26 日，在神田青柳举办旧书现场展售会。北斋绘本《东游》，六元五十钱；《吉原青楼年中行事》，四十五元；《骏河舞》，五元；西鹤《好色一代男》三册，一百元；元禄十六年版（？）《松叶》，附书帙良品，十四元；歌麿《七怪》三幅，一百元；丰广浮世绘，五元。

同伴看到明星商品之一的浮世绘作品，便说道："那张肖像画，是不是拿去给小孩当玩具玩过了呀？"在黑田清辉还很活跃的时代，白马会还曾出现过他的《荒苑斜阳》等作品。

到了明治四十四年（1911）年，牧神会已渐趋式微。

2 月 12 日，在浅草的世香楼举办牧神会，世香楼老板娘演讲。

同年 6 月 5 日，周一，于神田新开张的西餐馆（店名好像叫"都"）召开牧神会，当天内田鲁庵先生亦有出席。根据日记上记载，内田先生谈了陀思妥耶夫斯基等内容，小山内则不知在哪里喝醉了，情绪很亢奋。生田、岛村、喜熨斗、平出、萱野等非固定班底莅临，黑田先生和岛崎先生则是礼数周到地来函通知缺席，众人纷纷表示这两位向来都是如此慎重行事。

日记上还提到萱野抓着内田先生讨论奥斯卡·王尔德的散文，但从一旁看来，萱野的态度令人稍感不悦。当天还有个模样看来游手好闲、不知姓甚名谁的人到场。尽管全场没人认识他，他好像还是自顾自地在座位上高谈阔论起来。

当时人在日本的德国人格拉瑟[1]先生说自己无法出席，却特地送来了花篮。

我过去常为牧神会制作邀请函的底版。对了，足下和吉井的诗集插画底稿都已在火灾中烧毁，若足下手边还有，盼请不吝惠赠。

（1926 年 12 月 2 日）

1　柯特·格拉瑟（1879—1943），德国人，艺术史学者，1911 年曾赴日研究日本艺术。

青春回顾

吉井勇

　　夜越深，春天咖啡馆越能径自酝酿出一股诡谲却美丽的神秘气息，只是如今似乎已无从感受到这样的氛围了。而在这样的地方，客人又分成两派。像临川、春浪这种独自喝酒的烂醉派，与荷风、熏这种啜饮咖啡的静观派。

吉井勇

(1886—1960)

◎

剧作家、小说家，同时也是短歌创作者，有"伯爵歌人"以及"祇园歌人"的美称。东京出生，早稻田大学肄业，拥有伯爵爵位。

吉井勇自青年时期陆续在《明星》杂志上发表短歌，并于1910年出版了第一本短歌集《摆酒庆贺》。他还曾为戏剧作品《前夜》（原著作者为屠格涅夫）当中大受欢迎的歌曲《凤尾船之歌》填词。此后积极发表小说、剧本等作品。三十年代，吉井勇于高知县香美市乡间兴建了溪鬼庄，并在此度过人生最苦闷的时期。之后，他移居京都，重返文坛，但短歌风格已由过去的唯美转趋圆融洒脱。

吉井勇于晚年获选为日本艺术院会员，并为皇室评选新春短歌。高知县现在设有吉井勇纪念馆，京都则有他的歌碑。

我记得春天咖啡馆位于银座边缘日吉町的民友社[1]旁，紧邻一家名叫日胜亭的台球店。咖啡馆应该是明治四十三四年开张的。当时在银座周边还没有这种所谓的咖啡馆，类似的店铺只有台湾茶馆[2]。由于春天咖啡馆的店主是西洋画家松山省三，"春天"又是由小山内熏所命名，因此客人多为文人、画家、演员、报刊的从业人员，或是对这些领域有兴趣的人士。当时这种咖啡馆还相当罕见，所以也有不少客人是从筑地木挽町过来的，趁回家前在此歇歇脚，或趁夜深带着艺伎上门。

由于春天咖啡馆的主要客源就是前面提到的这几类，所以我和众多文坛人士也都是在这里见面认识的。其中令我印象最深刻的，就是中泽临川和押川春浪这两位。中泽兄是在小山内先生的引见下与我结识，我记得我们最初应该就是在此处见面的，后来随即成了把酒言欢的好友，经常结伴前往各处，他也曾带我去认识诸多美酒。临川这个大名，其实我以往就曾通过武林无想庵、川田顺、小山内熏等人合办的《七人》杂志而得知。《七人》杂志的发行机构还出版了他的《鬓华集》，这本文集是我最不忍释卷的书籍。我对中泽

1 民友社是由德富苏峰于 1887 年创立的出版社，1933 年解散。
2 台湾茶馆指的是银座八丁目的乌龙亭，1905 年开张。

兄可以说是久仰大名，能让他带我四处增广见闻，简直是如梦一般，令我喜不自胜。

据说就连艺伎们也为中泽兄冠上了"神"这个称号，以表达对他的推崇。这位众人口中的"神"虽爱酒，酒量却不好，三四瓶黄汤下肚后，立刻醉态毕露。他会把杯里的酒几乎全洒光，还抓住身旁的人，不管对方是谁，就开始怒斥"猪头，你是个笨蛋！"云云，但不久后便会瘫软似的躺平，不论是在宴会厅的正中央，还是其他任何地方，他都能睡得不省人事。总之，在中泽兄的朋友当中，应该无人不曾领教过这句"猪头"吧。我本人领教这句带着亲爱之情的"猪头"，次数更是早已不知凡几。

我和中泽兄最后一次见面，应该是我下榻在越后妙高山腰的赤仓温泉时的事。我和专程从信州松本前来探望的中泽兄，整晚在山上开怀畅饮，后来他说要直接前往新潟市区，两人便一同下山，还在锅茶屋[1]等几家食肆接连喝了好几回合。之后甚至还到了长冈，去拜访在宝田石油工作的大村一藏。隔天，我俩在筱之井车站分道扬镳，孰料我与中泽兄竟然就此天人永隔。

我是在中学一二年级时认识押川春浪的。当时我进入以"南洲[2]学者"著称的胜田孙弥老师所开设的私塾，押川过去也曾在此学习，因为这层关系，他常到我家玩。当时胜田老师办了一本名叫《海国

1　锅茶屋是 1846 年开张的老字号餐厅。

2　南洲是江户时代末期的萨摩藩武士、军人及政治家西乡隆盛的号。——编者注

少年》的杂志，有时押川到我家，说声"借用你的桌子"，便从怀里拿出稿纸，提笔写起他在《海国少年》上连载的冒险小说《塔中之怪》。当年他连插画都亲自操刀，而且画得很好，画作丝毫不像出自外行人的手笔。

后来我们有将近十年时间不曾聚首，竟又偶然在春天咖啡馆重逢。我们两人都是中泽兄的酒友，因此很快就熟络起来，成为把酒言欢的好友。押川的尊翁押川方义先生是基督教界的热血志士，而春浪的相貌乍看之下，虽颇有富家公子的风范，身体里却也藏着热血澎湃的气魄。有次在国技馆举办校际相扑大赛，春浪不知为何动怒，竟差点在土俵[1]上动手殴打当时声势如日中天的出羽海。他那股不服输的气势，很令人担心。

到了他常光顾春天咖啡馆的那段时期，春浪似乎有很多剪不断理还乱的烦恼，有时甚至两天两夜都几乎不曾小寐片刻，一直坐在同一张桌前、同一把椅上，一边不停地喝着威士忌，一边泪流满面。总之，当年的那些酒，春浪不是用身体喝的，而是用心情喝的。只要想到什么不如意，他就彻彻底底地喝个天翻地覆，喝再多都不厌倦。这样喝醉之后，平时的烦闷抑郁似乎又再涌上心头，于是他又再喝闷酒，借酒浇愁愁更愁，春浪便又无止境地喝下去了。

春浪离开人世后，《武侠世界》杂志由阿武天风主持。天风早年在西伯利亚发行报纸时是个穿着军服四处征战的英豪。即使是他，

1　土俵是指相扑的竞技舞台。

碰到春浪喝闷酒时似乎也是束手无策。当时没对春浪这种喝闷酒的行为感到无奈的，或许就只有我了吧。临川、春浪、熏、天风都已不在人世，每思及此，我内心便越觉落寞不已。

除了前面提到的文友之外，春天咖啡馆在文坛上还有永井荷风、正宗白鸟、生田葵山等常客。

不论如何，"春天"还是一家特立独行的咖啡馆。店内的天花板和墙壁上，整面都是乱七八糟的涂鸦。在缭绕的香烟烟雾之间，看得到山上草人亲笔绘成、宛如云中之龙的自画像，还有作者不知为谁、字迹醉墨淋漓的胡言乱语——"花柳原是共有物"。夜越深，春天咖啡馆越能径自酝酿出一股诡谲却美丽的神秘气息，只是如今似乎已无从感受到这样的氛围了。而在这样的地方，客人又分成两派。像临川、春浪这种独自喝酒的烂醉派，与荷风、熏这种啜饮咖啡的静观派。两者呈现出奇妙的对比。然而，自从春浪有次烂醉后疯狂失控、大闹咖啡馆之后，先是荷风兄不再出现，最后静观派的其他文友们，也都渐渐离"春天"远去。

当年，荷风兄都不是独自到咖啡馆来，身旁一定有生田葵山，或现已不在人世的井上哑哑相陪。他多年来所形成的神态非常奇特，即使他满脸笑意，也还是带有一种莫名的咄咄逼人之感。

有一次，好像是初代市川左团次[1]的十三周年忌日吧，在上野的

1　初代市川左团次（1842—1904）是著名的歌舞伎演员，原名高桥荣三，在创作新剧目方面颇有建树。

常盘华坛举办了法会，伊井蓉峰等人准备了空也念佛[1]，冈鬼太郎和鸟居清忠这两人共饰仁木一角，表演了《伽罗先代萩》的"床下"这一幕戏。之后，荷风兄、小山内兄和我从会场悄悄溜了出来，跑到银座，也去了春天咖啡馆。结果，那天晚上，小山内兄和我先走，把荷风兄留在了某个地方。当时谁都没料到，这竟成了《鸡眼草》[2]这篇作品的开端。

　　生田葵山也是个几乎每晚都会在春天咖啡馆出没的常客。我和生田已是老交情，当年我刚进新诗社时就认识了他，那时约莫是二十岁吧。生田当时住在离新诗社颇近的千驮谷，已经是个崭露头角的小说界新人，《阿兰陀皿》《鸟肠》《白浪》等作品，都大受好评。他常穿着西装搭红衬衫到与谢野老师家玩，晶子师母有次当面调侃他说："生田，前几天我到府上去拜访，看到有件脱下的紫红色袴[3]喔。"从这件事看来，生田当时应该已是花名在外。我和生田之间的缘分很奇妙，有段时期我们恰巧都住在镰仓，我会到他那间位于车站前钟表行二楼的出租屋处玩。我曾看到他在火车到站后，单脚穿着木屐匆匆忙忙地奔向车站，只为了要迎接那位日后成为生田夫人的女士。不过，生田常在春天咖啡馆出没的那段时间，同样是精力充沛，曾春风得意地牵着俄国姐妹花走在街上，姐妹花的名字我倒

1　空也念佛相传始自日本佛教大师空也上人，是一种佛经念诵形式。念经时僧人手持葫芦等器物，一边敲打演奏，一边跳舞。

2　《鸡眼草》是永井荷风的随笔作品，讲述他曾娶风尘女子八重为妻的往事。

3　袴是日本和服裙装的一种，明治时期的女高中生常身穿这一服饰。

是不记得了。

井上哑哑是另一位常陪荷风兄到春天咖啡馆来的人。据说他曾是东京帝国大学的优等生，但当时就已完全看淡世俗，住在深川一带的后巷杂院，和曾是艺伎的妻子自由恋爱后结为连理，住在远离俗世的寒酸破屋，过着闲适自在的日子。哑哑贪杯，我也和他一起喝过三四回。他那彻底遗世独立、舍弃一切的处境，反倒令我心生羡慕。记得荷风兄在几年前发表的《下雪天》当中，好像也引用了哑哑的一段日记。

如此回顾了我的青春年代之后，青春时代的自己竟历历在目，让我莫名地怀念起那些年的光景。

谷崎在《阴翳礼赞》当中曾说："随着年纪增长，人似乎就是会没来由地认定往昔比今日美好。"对照自己的心境之后，我也对这番话深有同感。然而，所谓的衣食住行，看来似乎会依个人自身的处境而大不相同，看淡世俗后其实并没有所谓的好坏、优劣。在地炉旁跷着脚啜饮一杯粗茶的生活，也有种令人难以割舍的况味。

此外，我向来都是个宿命论者。自从二十多年前，在有乐座观赏了由安德烈耶夫原著改编的、守田勘弥和林千岁主演的《人的一生》以来，我就不时感觉到，剧中那个会在落幕时如影子般出现、诉说许多暗示性独白的"灰色之人"，似乎就驻足在我身边。随着两鬓渐白，我也不禁想听听这位"灰色之人"对我的余生有何看法。

我的青春年代早已远去，但我的一生尚未结束。或许现在对我而言，只是一次换幕，却还不是最后一幕。

银座街头

三好达治

　　我选的这个老位子，位于鸠居堂对面，刚好可以隔着玻璃窗眺望窗外繁华的街道。前面提到的《回忆》和《食后之歌》，都不适合今天的我。然而，从这里眺望无穷无尽、连绵不绝的人流，也是一种欣赏风景的方式。

三好达治

(1900—1964)

◎

诗人、译者，也是文学评论家。三好达治出生于大阪，少时因家中经济困窘，初中辍学后转入大阪陆军幼年学校就读，后于就读陆军士官学校期间逃学，遭退学处分，才又转入第三高等学校，并于毕业后考取东京帝国大学法文系。

三好达治自第三高等学校时代即开始创作诗歌，亦于大学时成为诗人萩原朔太郎的弟子。大学毕业后，怀才不遇、情场失意的他，先是着手翻译了波德莱尔的散文诗集《巴黎的忧郁》，至1930年又出版了第一本个人诗集《测量船》。之后他积极发表诗作，出版了十多本诗集，被誉为昭和时期最具代表性的古典派诗人。他的作品充满知性，譬喻精当，《雪》《大阿苏》等作品，皆收录在日本中小学各级教科书中，成为许多日本学子共通的记忆。

这个三月底，东京都终究还是决定要让摊贩全都销声匿迹。原本有过一拨请愿和联合署名活动，存废意见缠斗交锋之下，支持摊贩的一方最终还是无力回天。拥摊派大叹徒然投入大笔金钱，结果还是被当作傻瓜对待，看来是大势已去。就连我这种置身事外的人，都已听闻这番抱怨。我与摊商公会毫无瓜葛，但因有两个朋友是摊商，从他们口中大致听说了事情的发展。这两个摊商朋友，其中一个是写现代诗的诗人，诗风稳健，为人很善良；另一个则是积极创作非典型风俗小说的小说家。我的世界很狭隘，但就连我这样的人，都和他们的同业多少有些直接接触的机会，可见我们平常所谓的摊商，涵盖的人数可能相当于一个地方城市的人口数量。根据朋友的说法，包含摊商及其家人在内的总人数粗估有十万人。这个数字多半有些夸大，但不论如何，至少不是个小数目。据传，官方认为摊贩会妨碍交通和消防救灾，有损市容美观，所以才会下达这次的扫荡禁令。原来如此，听了这套说辞之后，我才知道看似粗暴的措施，原来也有这么了不起的、极具计划性的理由，所以现在我们眼前看来不觉得有异样的街头风景，的确不得不说是一种畸形的状态。就摊贩存废这件事而言，我并未抱持着偏向为政者方的意见。我一想到我那两个朋友——卖杂货的诗人和卖旧书的小说家——如今恐怕多少得要熬过一段困难时期，就觉得很怜悯他们的遭遇。此外，光是想象前面所说的那十万人要如何在这个大都市中迁徙，想象他们的困扰和千头万绪，我就不免感到惨淡绝望。不过话虽如此，我倒也没有打算拥护维持现状派。再怎么说，当今世上，混乱到处蔓延，而原本该是社会生活支柱和根基的秩序与和谐，显得极其软弱无力。政府认为反正迟早都得整顿，就先从整顿市容、禁止摊贩摆摊开始做起。但这种出手整治的顺序真的合理吗？照这个逻辑，那出现在闹市区里的汽车，政府何时才要让它们销声匿迹？

想当年我还在求学，算起来距离现在已经有二十多年了。那时白天的银座街上不像现在这么熙来攘往，人行道上空空荡荡，纸屑乱飞。华灯初上之际，摊贩才陆续到齐，但也仅止于松坂屋这一边。千疋屋那一头过去之后，看起来仿佛是另一个世界。摊贩架好摊子，撑起棚顶，摆出商品，点起灯火——当整排摊贩都像这样搭起棚架之际，天色才完全暗了下来。找家位于二楼的咖啡馆往下望，时光推移，从薄暮冥冥转成夜幕低垂，有种莫名的奇妙况味。我们一边指示店员送上新的咖啡，一边在窗边忘我地闲聊许久。当年，我们眼中看到的摊贩，丝毫没有破坏市容美观，或许还让我们不由自主地想起了令人怀念的庙会夜晚，或是散发着浓浓乙炔灯气味的庙前夜市。如果不禁在窗边想起了北原白秋的《回忆》或木下杢太郎的《食后之歌》，也算是符合当时的气氛。虽然我也有些朋友会用极为慎重的态度，身穿正式的服装在此出没，例如前几年过世的武田麟太郎，但他们其实内心多半都带着几分天真无邪的嬉皮士的疯狂。当时世间称不上是全然的宁静祥和，危机即将降临，但银座街头的黄昏，的确还有着充满都市气息的柔和暮霭，尚未失去它的优美和况味。即使在三五辆喧闹的消防车呼啸而过的街道上，也是如此……

那种所谓的况味，是大都市闹市区特有的氛围，因此我至今仍打心底爱着"银座"这个名字，毫不犹疑。到银座办完正事之后，我总会一再地想到骈肩累迹的大街小巷探访，从不厌倦。我并不会特别挑在上午、下午、傍晚、入夜或二更等时刻前往银座——我总是四处乱走，一不留神就被卷入人潮中，在人行道上随波逐流一段时间，不久后又会被挤出人群，来到某处。我偶尔才需要买东西，也不是常和人相约见面或有其他事要办。如此无趣的散步，总会让我在二三十分钟后觉得落寞不已，却已成了我自己浑然不觉的习惯。

狮子咖啡馆究竟是何时创设的？我没有研究癖好，也不打算仔细考究。总之我对它最早的记忆，是位于银座四丁目一带的一家咖啡馆。对面原本有家名叫"老虎"的咖啡馆，曾一度与永井荷风的名字连在一起，相当知名，如今也已消失无踪。而"狮子"虽然名号依旧，但我每次离开东京，隔一段时间再回来时，这家店几乎都会改头换面，目前则是一家啤酒屋。现在不是喝啤酒的季节，亦非用餐时段，啤酒屋门可罗雀、冷冷清清，再加上它宽敞明亮、干净整洁，是最适合在这种时段消磨时间的好去处，我还可以选择坐我的老位子。我选的这个老位子，位于鸠居堂对面，刚好可以隔着玻璃窗眺望窗外繁华的街道。前面提到的《回忆》和《食后之歌》，都不适合今天的我。然而，从这里眺望无穷无尽、连绵不绝的人流，也是一种欣赏风景的方式。我已不会因为都市况味而欣喜，它不是那么诗意的东西。话说回来，近来风俗小说家怎么都写那么拙劣、无趣的作品？我才不想被迫读那种文章，宁可选择来看看这里的景物。我也不像波德莱尔那样，会在人群中偷偷享受孤独。在这里我会比平常更颓废，更接近茫然若失的状态。

　　我茫然地望着一扇长方形的窗，宛如它是一个屏幕。人群看似没有焦点，但望着他们，就仿佛看着他们一笔一笔地描绘出一个个真实的命运，或是在为我描绘出一个个幻影。例如，有个"公文包"经过，一个出众的新皮包，它本应受人的意志摆布，但没想到风一吹，却像只丝瓜一样摇晃起来；接着又有一双"高跟鞋"，带着一件下摆轻盈的外套走过，步履既快又利落；"束腰夹克"则摆出了若有所思的表情，它的主人是个有性格的美男子，由于心不在焉，正百无聊赖地四处顾盼。街头有两位女助理，她们看上去一年到头都在闲聊。还有一个颇以自己的长相为傲的人，步履缓慢，像是在消磨时间——看的时间久了，会发现这种骄傲自大之人竟然真不在少数。有个人边读着报纸边走下地铁站，乍看起来相貌堂堂，但打扮怪异，戴着皮手套，手拿洋伞，步调缓慢。还有个秃头男子，看似凡事都会精明算计，他的装束活像是二十年前的装扮。有个戴贝雷帽的人跑进了地铁站，应该是报社的杂工吧。她背着婴孩，外面罩着一条小被子，被子底下隐约露出的裙子，好像是最近的一种流行款式。我浏览的是不断交替转换的无言表情和色彩缤纷的服装，它们是快速流转、没有章法的影像，但即使没有章法，也总让人觉得它们想暗示一个轮廓、一个模糊的意义，所以才显得奥妙。这些暗示是幻影，一切都取决于接收到暗示的人怎么想，但就算是幻影，不也是一种现实吗？即使是高挂苍穹的彩虹，站在特定的位置观看时，也会呈现出一种固定的角度。

　　我究竟是在看什么呢？人影从玻璃窗上滑过，在人影的彼端，隔着电车轨道的另一端，摊贩的背面排成一列。各摊的背面都统一挂上了段染布，鳞次栉比地排在一起，连缝隙都没有。除了背面之外，棚顶和遮风帘也都用了相同的帷幔。这些是统一的帐篷，颜色相同，布料相同，尺寸也相同，像是军队行军时所带的帐篷纷纷漂流过来聚集于此，盖起了营舍。若要说这是战争时期的遗产，的确如此。这些帐篷密密麻麻，毫无缝隙地接连排在一起，证明在摊贩的世界里，也同样人口过剩。以往摆摊的空间还稍微宽敞一点。当时的市容比现在更气派，但也没人说过摊贩会妨碍市容美观。如今市区的建筑显得远比以往廉价寒酸，又粗俗许多，反而说摊贩有碍市容美观。说不定是那些帐篷惹的祸。

说到战败的象征，那些包着旧帐篷的摊子的确位列其中。隔着那些帐篷的另一端，可以看到鸠居堂的屋顶上架设了某电灯商家的广告灯饰，说起来这不也是战败的象征吗？我并不打算嘲讽知名老字号开始让人架设广告灯饰这件事，因为就当今时局而言，地上的人行道其实比屋顶上更加混沌不明，错综复杂。

战后的混乱动荡，不会那么轻易就平息。不过，这场惊天动地的混乱，若还要慢慢恢复到原本的样貌，实在让人无法接受。若不试着整体性地大步向前迈进，不试着即使置身五万里雾之中仍向前迈进，那就整理不出任何头绪。前路迢迢，未来谁都无法预测。

那么这世上究竟有什么地方出现了些许的改变，或正要开始改变呢？事到如今，我已不再像以前一样拥有敢于梦想的力量。我张开双眼，痴痴地望着啤酒屋的天花板。梶井基次郎曾说过，即使是冬天，狮子咖啡馆的天花板上都还是会有苍蝇飞舞。这一天，那些大正[1]苍蝇也在我的眼前停了下来。从窗外走过的那些行人，他们的幻影上也出现了大正苍蝇。这世上的确什么都没变，也没有什么事情正在酝酿着改变，只是有些东西失去了灵魂。这世上或许安静得出乎意料。我带着这种既非惊讶也非忐忑的心情，走出了店外。

不过，有一件事完全变了，那就是女性的服装。服装固然变了，

1　大正指 1912 年至 1926 年大正天皇在位期间的年号。——编者注

但改变更彻底的，应该是她们对色彩的意识。这一点的确变了，完完全全地变了。前进！前进！未来当然还会再出现一些变化，但总之是不会再回到原点了。日本女人所拥有的，或许就只有穿着打扮这么一个虚无缥缈的喜好。她们的喜好，其实只是表象，是肤浅的东西。对比今昔，这个事实岂不是昭然若揭了吗？我对于这些东西的改变毫无惋惜之情。何况事到如今，才对这些既不是日本女人传统的审美，也不是她们真正喜好的东西留恋不舍，未免太过可笑。我可以认同，今天这些自由的年轻女性，不管是不是在无意识的情况下被职业妇女的审美所牵动，她们会选择俗艳的原色，一定有什么想当然的理由。这是件好事。或许这是一种反抗的象征，愿意试着反抗到受挫跌倒是件好事。至于要体悟到自己究竟是想反抗什么，又是之后的事了。或许一切最好都留待日后再谈。我只是肯定她们在那幼稚俗艳的原色中所展现的勇气。就去试试看吧！我无从知道那些俗艳的原色是不是适合粗短型的萝卜腿，她们也无从知道，谁都不知道。正因如此，现阶段应该会很有意思吧。

　　街上行人俗艳的服装映入眼帘。前面提过，即使变得更俗艳也无妨。然而，前面也稍有提及，日本东京的银座街头完全没有新的改变，也并没有变得更朝气蓬勃、活络热闹（除了拥挤之外）。街头是个互相反射映照的场域，因此自然就成为各种念头泛滥错杂的游乐场。这样的确不错，但我们也希望街头能有点风格，有点细微的差异，有点风情。这才称得上是大都市的闹市区，不是吗？这一点无论男女都一样，即使是"街头心态"这种转瞬即逝的心态，是否也该有点芬芳与深度，有点幽默与机灵？有时在电影的片段中可以感受到的事物，在东京的银座却丝毫感受不到。不只完全感受不到，人行道上竟然还充斥着厚颜无耻、骄傲自大，以及过于独善其身的想法。简而言之，岂不就是个粗鄙吵嚷的菜市场吗？若说这是因为街头巷尾充斥着反抗原色着装的论调，那我可就要烦恼了。我就这样陷入了前后矛盾，得不出结论。

我为什么会像一只迷途的鸟，又来到这里游荡呢？好歹要觉得这样的自己有点傻吧？不是有点傻，而是很傻。有一次，我一边闪躲在银座大街上穿梭的汽车，一边从电车轨道眺望远处，万般无奈地有了这个念头。摊贩的帐篷在雾霭缭绕中绵延至举目所及之处。交通警察的哨音响起，传至远处，四下里的风景瞬间显得落寞寂寥。不，今天不也一样喧嚣吗？我空洞的双眼，眺望着眼前的景物，落寞寂寥却萦绕心间，久久不散。

永别了！这些宛如脏污的马戏团似的地方……

对了，这些帐篷即将从银座消失，日后大概是要改到某个乡下小镇，成为马戏团的屋顶吧？这样一来，巡演乐队的笛音和鼓声，应该就会迎风饱满地传响，而这些帐篷也会呈现出它们该有的风格了。

大阪发现

织田作之助

　　总之那里卖的蜜豆寒天与众不同，上面会加刨细的冰，再淋上色泽如汽车轮轴用的润滑油、口味甜而不腻的糖蜜，滋味好极了。所以我三天两头就会跑到月之濑，仓皇失措地承受女孩们鄙夷的眼神，那眼神仿佛在说着："那个人是怎么回事？明明是个大男人还跑来这里，真是个怪人，讨厌死了！"

织田作之助

(1913—1947)

◎

　　小说家，又称"织田作"。1913 年 10 月 26 日出生于大阪，1938 年发表小说《雨》，备受同乡前辈作家武田麟太郎（1904—1946）的关注，来年发表的《俗臭》入围"芥川奖"，1940 年短篇小说《夫妇善哉》成为改造社首次推荐文艺作品，自此于文坛取得一席之地。

　　织田作之助擅长以平实的方言描写大阪平民生活，以敏锐的观点描写战时的乱世风俗，发表《世相》《竞马》，一跃而成为流行作家，与太宰治、坂口安吾等人同位"无赖派"之列。

一

　　有一对夫妻，一年到头都在吵架。要是他们感情如胶似漆，那倒也罢，偏偏这对夫妻关系疏远，从不曾联袂出门，彼此就是看对方不顺眼。偶尔丈夫请妻子帮忙捶背，妻子总会站在丈夫身后大动拳脚，不仅让在前面看热闹的女孩们捧腹大笑，而且到最后这位妻子还会用力拍打丈夫的头，于是两人又会为此而吵起架来。这样吵吵闹闹过了十年，家族里的兄嫂担心两人再这样下去不知道会怎么样，被街坊邻居知道了也不光彩，更何况他们还听说"夫妻争吵，缺钱到老"。有一天，兄嫂便把这位妻子找来，对她好言相劝了一番，还拿了二十元，要她去买点焙焦[1]的药材。

　　兄嫂特别交代药材要贵的才有效，而收下了二十元的妻子，不知该说是心痒难耐，还是说蠢笨，总之一转眼就把这笔钱给花掉了。后来，不知是觉得对兄嫂歉疚，还是想一尝鹣鲽情深的滋味，这个妻子还是去了一趟位于高津的焙制药材行。

　　高津神社素以汤豆腐店而闻名。这附近有许多药材行，正门前的街边有"从古到今都因有效而广受喜爱的七福日枝药"专卖店，

1　焙焦是中药加工的一种方式。古代日本认为焙焦的中药材具有各种不同疗效。到了江户时代，焙焦的蝾螈更被视为一种春药，相传只要男性对女性使用焙焦的蝾螈，女性就会不由自主地爱上对方。

后门前的街边则有两家焙制药材行。元祖本家焙制药材行"津田焙药行"和焙制药材一应俱全的"黑津焙药总本店鸟屋市兵卫本铺",两家比邻而居,让人搞不清楚究竟哪一家才是焙药始祖。不过两家都有卖包括蝾螈在内的各种焙制药材,举凡虎掌、锦蛇、凤螺、蝾螈、山蟹、猪肝、蝉壳、鳖头、鼹鼠、牛齿、莲藕、茄子、蜜桃、南天竹等都有。这个妻子走到其中一家店铺低矮的屋檐前,找了个冠冕堂皇的借口,说家里小孩完全不亲近女人,买了一对公母蝾螈。回程途中,她在二井户的下大和桥东侧买了三色外郎糕[1],又在对面的鱼板店买了醋渍鳗鱼头和鳕鱼当晚餐,才回到下寺町。回家后她立刻把一只蝾螈偷偷地缝在老公的兜裆布上,另一只则是自己随身携带。

近来我莫名地迷上了服用市面上的维生素 C 和维生素 B,因此对焙焦蝾螈的功效不免多有怀疑。不过,我还是试图为它的效果注入一些心理上的根据。感情不睦的夫妻只要相信或期待这种东西会见效,就会把另一半无心的动作,误以为是迷恋自己的证据,连带让当事人自己也受到影响。

至于那位大阪的妻子究竟是不是如此,我不得而知。不过我倒是时常看到她出现在戎桥的红豆汤铺"月之濑",脸上带着愤愤不平的表情。她到处对别人诉说她的奢华行程,说自己出现在月之濑的时候,多半都是在和丈夫吵架。这种盛怒之际,非得要来月之濑,

---

1 三色外郎糕是一种日本传统点心,类似于蒸甜糕。

吃一碗栗子红豆汤，喝一碗咸汤，再吞下萩饼¹才能消气。

月之濑这家红豆汤铺，位于从戎桥的电车站往难波方向走的派出所隔壁，以往是大阪的妇人们偷闲休息的地方，如今则有大阪的时尚女孩们大举涌入，宛如在举行女子中学同学会。专柜小姐们或许是因为身体疲惫，想摄取一些糖分，所以每逢百货公司打烊，便会挤得店里水泄不通，场面令人瞠目结舌。无数的赤裸玉腿，或是饱满地包裹在巧克力色袜子下的美足，纷纷被挤出到店铺蓝色的门帘外。而刚才的那个妻子总会一脸不悦，混杂在这些年轻女孩之中，睁大眼站着四下张望，开口问道："还有没有空位呀？"我其实也很喜欢那里的蜜豆寒天。这样说实在是太过随便，总之那里卖的蜜豆寒天与众不同，上面会加刨细的冰，再淋上色泽如汽车轮轴用的润滑油、口味甜而不腻的糖蜜，滋味好极了。所以我三天两头就会跑到月之濑，仓皇失措地承受女孩们鄙夷的眼神，那眼神仿佛在说着："那个人是怎么回事？明明是个大男人还跑来这里，真是个怪人，讨厌死了！"

五年前，也就是在我二十三岁时，我曾带着当时很疼爱的一位女孩K，满心欢喜地去了月之濑。一进店里，女孩K就点了蜜豆寒天，我则是悠哉地端详了一下菜单，看到"茶泡饭"这几个字映入眼帘，突然觉得饿了起来，便点了茶泡饭。我把K说的"真是个讨厌鬼"当耳边风，咽着口水等着茶泡饭送上桌。终于盼到店员说"让

1　萩饼是一种将半捣碎的糯米搓成椭圆球，外面裹上红豆泥或黄豆粉的日本点心。

您久等了"并把餐点摆在我面前那一刻，我不禁"啊"地叫了一声，羞红了脸。怎么可能？这不是饭桶吗？而且还是一个像是在文乐木偶戏[1]里使用的小巧饭桶。环顾四周，邻座的年轻女孩们个个都吃着红豆泥或红豆汤等极为普通、极为适合在这家店享用的餐点，唯独我一个人在众多年轻女孩面前，像扮家家酒似的和眼前的饭桶相望，我不禁害羞了起来，甚至还听得到她们的窃窃笑声。K虽然不至于发笑，但脸色凝重，露出"我讨厌这样"的表情。不过，我还是鼓起勇气，从饭桶里盛出饭来吃。不知怎么搞的，我竟从容地吃下了四碗饭，还喝了茶、剔了牙，真不知道该说是年轻气盛，还是厚颜无耻。不论如何，整个场面瞬间情调尽失，K怒气冲天，原本应该很有希望的恋情，也因此无疾而终。然而，至今我仍觉得月之濑的茶泡饭令人回味无穷。那附近的小巷里有家店叫"树果"，我到那里去吃花椒烤牛肉、炒乌龙面或奶油西芹炒猪肝时，每三次就会有一次兴起想去隔壁尝尝茶泡饭的念头。这倒不是因为茶泡饭的口味有多好，而是在红豆汤铺卖茶泡饭和像文乐木偶戏用的小巧饭桶，让我莫名地感到一股大阪的况味。

虽然茶泡饭成了我当年失恋的直接原因，但其实还有一个因素。那时K有个女性朋友叫"阿龟[2]小姐"，她才看过我一眼，就对K大肆批评我说："这个人长相普通，不仔细看的话，会觉得他长得

---

1 文乐木偶戏是日本的传统戏曲表演形式之一，每个木偶皆由多人共同操纵。

2 阿龟，又称阿多福，是一种日本女性面具，圆润脸型，鼻梁低矮，脸颊丰腴。古代认为这是一种有福气的长相，如今则被用来指其貌不扬的女性。

畏首畏尾的！你说他读过一点书，我看他应该一点生活能力都没有吧！"这位阿龟小姐在某家百货公司的领带部门工作，以前就常随口说出"我喜欢像鹤一样的人，不喜欢那些脖子短得像乌龟似的家伙。因为乌龟借了钱之后，头寸就轧不过来[1]了"之类让人莫名其妙的话。我为了报失恋的一箭之仇，便帮她取了阿龟小姐这个绰号。阿龟小姐当时虽然在百货公司工作，但因为她的父亲很贪财，好几次都想把她卖去当艺伎。也许是因为我戴着这样的有色眼镜看她，所以尽管她那往右下方倾斜、看似不太平衡的体态略带女人味，但我从不正眼去瞧她。她那厚软的下唇，嘴唇正中间抹点红的拙劣化妆手法，还有胸部下垂的模样，都让我不禁暗自想象，她结婚后一定会生一窝孩子，还得拉开夏季和服的领口，用两边的乳房给两个婴儿喂奶。不久后，我听说阿龟小姐结婚了，但从那之后就没再见过她。没想到，最近我在千日前的自安寺里，见到了暌违五年的阿龟小姐。

我孤陋寡闻，直到最近才听说千日前的自安寺里有石头地藏。这尊石头地藏名叫净行大菩萨，安奉在寺内深处的洗心殿里。据说患有眼疾的人，只要向这尊地藏眼睛里浇水，再拿鬃刷刷洗，眼疾就会痊愈；脚不好的人，只要为佛像洗脚，宿疾就会康复。听起来或许很傻，但因为很灵验，因此石头地藏身上一年到头都是湿的。水垢染红了佛像的脖颈，佛像的五官被磨损得面目全非，胸口附近也都残破不堪。听友人说，这里不时会有穿洋装的年轻女孩前来参拜，

---

1 头寸轧不过来指资金周转不过来。在日文当中，"头寸轧不过来"有"脖子转不动"之意。

我觉得有股莫名的吸引力，所以不管有事没事，只要来到千日前，就一定会进到这座寺庙里，到地藏菩萨面前逛逛、绕绕。有一天，我看到一个穿洋装的女人，在地藏胸前浇了好几次水，还用鬃刷刷了又刷。一瞧她的脸，才发现竟然是阿龟小姐。

她以往因为父亲的喜好，坚决不作西式打扮，但现在是夏天，所以她也穿着西式服装。不出所料，她身上穿的是宽松的棉质居家洋装，而且布料滑溜，就是黑门市场的流动摊贩会摊开在街边卖的那种府绸面料，头上还戴着赛璐珞的发箍，模样就像个街头巷尾常见的妇人。我看到瘦骨嶙峋、脸色苍白的她刷洗着佛像的胸前，便猜想她会不会是得了肺病。阿龟小姐看到我，反应也相当夸张，好像被我发现了什么见不得光的事情似的。她说再过几天就是土用丑日[1]，要请自安寺帮家里的孩子封虫[2]。我一边心里祈求阿龟小姐的老公千万不要是个穿白色双排扣西装，打红领带，胸口放蓝色口袋巾，还梳着飞机头的男人，一边走出了自安寺的红砖后门。原来这里就是"伊吕波牛肉店"的那条小巷。小餐馆"市丸"的对面，左边是一家叫"大天狗"的按摩店，在天花板偏低的二楼，有五六个按摩师傅在为彼此揉捏着身体，右边则是一家牙医诊所。

那一家牙医诊所已相当老旧，二楼虽有一些治疗仪器，但全都

---

1 土用是指春夏秋冬季节交替之前的十八天，如立秋前十八天就是夏季的土用。丑日是指这期间的丑日（日本古代以十二地支计日）。

2 日本民间认为婴幼儿体内有痫虫作祟，才会导致孩子夜啼、腹痛或情绪不稳，需到寺庙里进行封虫仪式，以求家中小孩身心健康。

黑黑旧旧；又因为天花板低矮，仪器上端几乎要顶到天花板了。我猜医生可能得要弯着腰看诊，而且还会不时撞到头吧。如果没挂招牌，恐怕谁也没料到在这种后巷的破旧大杂院里，竟然还会有牙科诊所。看到屋檐下放了六七个盆栽，我想起了雁治郎横丁[1]。雁治郎横丁是位于千日前歌舞伎座旁的小巷，巷内餐馆林立。那里也有些像是被遗忘的房舍，二楼的天花板很低，紧闭的木格窗，让人看上去都觉得很闷热。二井户的岩粔籹[2]店，二楼也有铁格窗，长期住在店里学艺的小学徒弯着身子，无精打采地缝补着衣服。这样的光景为什么总是特别吸引我？我实在说不出一个明确的理由，但我很确定自己从中感受到一种"日常生活的悲哀"。这些讨生活的日常的确令人感到无奈、悲哀，却蕴藏了某种韧性。我姑且不去论断它是不是大阪的传统，但看到日本桥筋[3]四丁目的一群旧货摊商竟连足袋暗钩[4]的其中一片都有卖，更让我感到大阪那股悲哀的乡愁。

我待在东京的那段日子，经常想起法善寺横丁的"夫妇善哉"红豆汤铺。从道顿堀延伸出来的食伤大街，和从千日前延伸出来的落语席大街交叉口，挂着一个写有"夫妇善哉"的大灯笼，灯笼旁有个玻璃盒，老旧的阿多福人偶，笑眯眯地端坐在盒子里那盏十瓦的灯泡下。穿过门帘，在棋盘状的榻榻米上坐下，点一份红豆汤，

---

1 横丁指胡同、小巷。——编者注

2 粔籹是一种以捣碎的米粒制成的点心，外形类似于今天的麻花。

3 筋在日语地名后，指一带、附近的地方。——编者注

4 足袋暗钩是搭配和服的一种分指袜上固定的暗钩。每一组暗钩应有两片。

店主就会送上盛装在扁平小碗里的红豆汤，一份两碗。这就是所谓的"夫妇善哉"。或许正是生意脑筋动得快的大阪人想出了这个装在两个小碗里的方法，好让红豆汤看起来比一大碗的分量更多。我听到店铺命名的缘由——明治初年时，店主本来是位替文乐拉三味线伴奏的乐师，后来由于本业无法维生，才开了这家红豆汤铺，取名为"夫妇善哉[1]"——莫名地兴起一股怀念之情。

戎桥崇光百货旁的"汁市"是大阪的另一个乡愁。汁市是一家小店，卖的是用白味噌煮成的浓稠汤品，除了汤之外，它既不卖饭也不卖酒，只单卖一味餐食，是一家令人摸不着头绪的餐馆。不过，这碗汤可依客人需求，加入泥鳅、鲸鱼、马鲛鱼、松原平鲉、花枝、章鱼或其他香料食材。除了这些海鲜水产之外，汤里一定都会有牛蒡削片，简直是一碗无法言喻的美味。我一边因它的口味多年不变而暗自欣喜，一边在盛夏酷暑中，吹着滚烫的汤品，连喝了三碗。我粗略计算了一下，这家小巧的店里，包括只坐到半张椅子、半个屁股悬在半空中的客人和站着等候的客人，总共约有二十五个人。最令人讶异的是，其中还有许多是身穿开襟衬衫、貌似精英的上班族。他们用优雅的嗓音，说出"老板我要鲸鱼的"或是"帮我加泥鳅"等点餐内容，在这摩肩接踵的空间里，弯着身子，拿着筷子，带着满脸凝重的表情，等待餐点上桌。偶尔他们也会不经意地瞄一下门

---

1 善哉与红豆汤在日文中同音。

宿彼端熙来攘往的女士的玉腿，但只要汤一上桌，他们就会心无旁骛地认真喝汤，仿佛要把整张脸都塞进碗里去似的。

这里和咖啡馆或餐厅里那种轻浮的前卫格调不同，有着沁人心脾的沉稳和错综复杂的况味。看到这里，我在想那些年轻的社会精英，是否在眼花缭乱、喧嚣纷扰的现代社会里，失去了灵魂的依靠，所以纵然只是暂时，也要把这里当成一个灵魂的依归，啜饮一碗热得几乎要烫伤舌头的白味噌汤。更仔细想想，或许我们可以这样说：必须从这种粗茶淡饭之中找寻灵魂依归，是现代精英们的悲哀，也是大阪蕴含的一种莫名乐趣吧。

在将近土用的溽暑里，喝下了三碗热汤的我，全身上下大汗淋漓，对着转速像是还没睡醒的电风扇，任凭风吹拂。这让我想起了以前在千日前的常盘座里，那台趁着电影的空当转动，噪音震耳欲聋的二十寸大电扇，以及挂在公共澡堂天花板上，嗡嗡作响的大吊扇。走出汁市之后，我穿过戎桥，经过御堂筋，朝着位于四桥的文乐座走去。

三味线"当当"地响起，让人联想到低沉哀怨的曲调。太夫[1]稳稳地压住放在腹部的木台，发出低吟。昔日小出楢重[2]曾说过，"大阪人在吟咏净琉璃时，看起来最精明干练"，描述的就是这种低吟声。接着，文五郎[3]满怀感情地带着木偶出现在舞台上时，我不禁心想：

1 太夫是木偶净琉璃当中负责说唱的人。

2 小出楢重（1887—1931），日本西洋画家，晚年以裸女为创作主题。

3 吉田文五郎是木偶净琉璃界的操偶师名号，这里指的应该是本名为"河村巳之助"的第四代（也有人说是第三代）。

"啊！这就是大阪！"而我认为最有大阪特色的，就是这些文乐艺人，不管从他们呕心沥血地精进表演功力的精神，还是从对文乐以外毫无兴趣、一心钻研文乐的生活态度来看，都是如此。他们在大阪是与众不同、屈指可数的表演者，他们要让世人知道，这么傻气的努力，才是带领他们的演技更趋出神入化的康庄大道。

二

如果对大阪很陌生的人要我介绍最具大阪风情的地方，我就会带他到法善寺去。

要是对方听到要去寺院便心生犹豫的话，我就会说："那浅草寺不也是寺院吗？"换句话说，如果浅草寺是"东京的门面"，那法善寺就是"大阪的门面"。

法善寺的特色实在是很难一语道尽。它是一座很复杂的寺院，而要说明"很复杂"这个大阪用词，也相当麻烦。因此，世上最难说明的，莫过于法善寺的特色。

举例来说，法善寺虽位于千日前，却有五个入口。千日前（更精确地说，是千日前通往道顿堀筋的那条路上）就有两个入口，道顿堀有一个入口，难波新地还有两个入口。不管要从哪个口进，哪个口出，皆任君选择。香客可依照来访的目的，或地理上的方便与否，自由决定如何出入，没有人会说三道四。

不过，既然它叫"寺"，当然就有正式的大门。从千日前往道顿堀筋的那条路上，差不多刚好半路的地方，有留声机店和舶来品店，法善寺的正门就在这两家店之间。

跨过正门的石门槛，踏进寺内一步之后，有种地面往下滑落的感觉，或许是因为跨过门槛的关系，又或许是我们被吸进法善寺的魔法披风的那一刻所产生的错觉。若是晚上造访，那可能是因为千日前周边灯火通明，到了这里突然为之一变，转为幽暗无光的关系。不论如何，总之就是一种很复杂的错觉。

再往寺院深处走，环境会变得更为复杂。这里简直就是个神佛的百货公司，信仰的盛行地区，迷信的温床。例如寺里供奉着观世音，也有欢喜天、辩财天，还有稻荷大明神，亦有弘法大师，更有不动明王，简直就是包罗万象。只要来到这里，大概信什么都有神像可以拜，只差基督教和天理教了。至于哪尊神佛安奉在何处，拜了哪个神会有什么用，这些我们就不懂了。

不过，她们倒是清楚得很。所谓的"她们"，就是在这附近工作的女人们。梳丸髻[1]的女服务生，烫了一头卷发的职业妇女，顶着西式发型、发量蓬松的娼妓，穿着厚底中空木屐的见习艺伎，还有

---

1 丸髻和下文的"银杏返""岛田髻"均指日本古代女性的发髻样式。

银杏返或岛田髻造型的艺伎们……她们脚踩厚底木屐，身穿大衣，口中念念有词地祈求着，即使碰到雨天也不间断。

光是照本宣科地祈求参拜，已满足不了她们，毕竟信仰需要以一定的形式来呈现。因此，在不动明王前面有一口井，井里的水被称为"洗心水"。女人们会在这里帮不动明王的金身浇水，说是要"洗涤污秽的心灵"。数十年如一日，每天都被浇水的不动明王，金身上总是长着绿色的苔藓，或应该说从不曾干燥过，就像灯火长明不灭似的。

浇完水之后，她们总算要求签了。哎呀！抽到"下下签"了。

这倒不必紧张。寺院里有一只石狐狸，嘴上有个缝隙。万一抽到下下签，把签诗绑在那个缝隙上，就能逢凶化吉。

"请保佑我逢凶化吉！"

这个用心祈求的女人面前有功德箱，头上有信众捐献的灯笼，四周还飘散着线香味。这样就能安抚愚傻的女人心了。

这样一来总算可以放心了。既然如此，那就去"夫妇善哉"吃点东西吧！

大阪人贪嘴爱吃的欲望，恐怕其他任何事都很难比得上。现在已经改变不少，早期大阪人只要一出门，就一定得吃点什么才会回家。所以，法善寺周边也有餐馆，不，不只是"有"，整个法善寺周边都是餐馆。俗称法善寺横丁的巷弄，简直就是美食街。在这些三人并肩走路已嫌太窄的巷弄两侧，几乎都是饭馆食肆。

在这些饭馆食肆当中，最有名的就属"夫妇善哉"了。它位于道顿堀延伸而来的小巷和千日前难波新地的交叉口，是个三角窗店面。店门口有个玻璃橱窗，里面坐着老旧的阿多福人偶。它恐怕从德川时代起，就一直坐在这里了吧？有点诡异的、被熏黑的人偶，略显无奈地坐在店门前，一刻不得闲地招揽着客人。它的旁边，则挂着一个大灯笼，上面写着"夫妇善哉"。走进店里，点了红豆汤之后，店主就会用浅浅的汤碗，送上两碗红豆汤。这里卖的红豆汤是两碗一份，而将这样的商品命名为"夫妇"，很有大阪下町商圈的风格。此外，在门口摆放大型的阿多福人偶，也颇具大阪式的幽默。表情复杂的阿多福人偶，并不只是"夫妇善哉"这家店的招牌，更是法善寺的主子，同时也是大阪幽默的象征。

大阪人热爱幽默，理解幽默，也创造幽默。例如在法善寺的"夫妇善哉"旁，有一家名叫"花月"的寄席[1]。当年我小的时候，黑脸的初代桂春团治总会在那里口沫横飞地讲些复杂的故事，逗得船场[2]大小姐们笑得合不拢嘴。如今，同样有位黑脸的烟达[3]，让花月一年到头高朋满座。花月的表演散场后，如果要想在回程路上到哪里去逛逛的话，还有正弁丹吾亭。它位于千日前难波新地的小巷西侧边缘，

<hr>

1 寄席是日本表演落语、漫才等民间曲艺的场馆。

2 船场是昔日大阪商业活动的心脏地带。

3 横山烟达（1896—1971）是大正、昭和时期红极一时的谐星，搭档是花菱阿茶古。

而正弁丹吾亭这个复杂的名字，自然而然会让人联想到便桶[1]。这里过去的确曾有过便桶，如今也并非完全没有。会取这样的店名，的确是很有法善寺，或者应该说是有大阪的风格，但偏偏这里的关东煮极为美味，不愧为食都大阪。几杯黄汤下肚，醺然畅快之际，再往西行，穿出小巷，就来到了难波新地。这里已不属于法善寺的范围。前方映入眼帘的，是心斋桥筋的灯光洪流。当大阪人厌倦都市里这一波又一波的灯光洪流时，他们会重新回归的地方，就是法善寺。

---

1 "正弁丹吾"和"便桶"的日文谐音。

偶然创作出来的双关语

九鬼周造

　　天野、落合太郎和我，一起去了四条通上的一家咖啡馆喝饮料。我对少女服务生说："给我红茶和饼干。"少女反问："您说的饼干是指曲奇饼（cookie）吗？"我对她说："Kuki（'九鬼'的日文发音）不用你给我，我可以给你。"

九鬼周造

(1888—1941)

◎

　　京都学派哲学家。出生于东京，东京帝国大学哲学系毕业，1922 年前往欧洲留学，先后师从新康德派李凯尔特、亨利·柏格森、胡塞尔、马丁·海德格尔等哲学家。1929 年归国后任职于京都帝国大学，教授哲学史。与第一任妻子离婚后，迎娶祇园艺伎为妻。擅于运用现象学、存在主义等西方分析方法，解析一直被认为是只可意会不可言传的日本传统文化，是少数能够在日本语境中理解西方哲学的人。1930 年发表的日本文化论《"粹"的构造》为其代表作。

听到双关语时，会露出若无其事的表情或皱起眉头的人，精神生活其实都颇为空虚。轻松的欢笑可为平常一丝不苟的沉闷生活投下开朗的影子。有一天，我在巴黎理发，理发师对我说："听说你们日本人（Japonais）都不需要骑兵。"我问他此话怎讲，他说因为你们"已经（déjà）是小马（poney）"了[1]。这句捉弄人的双关语，反而抚慰了我在异乡的旅愁。

　　在人生的旅途中，也不时会有旅愁袭上心头，因此偶尔来点轻松的双关语，并不是件坏事。保罗·瓦勒里曾打过一个比方，说两个同韵母的词，就像双胞胎给彼此的微笑。在此介绍两组三胞胎，都是在因缘际会的玩心下创作出来的。我想这样做应该不会有人责备我吧。其中一组已经在报纸上刊登过，因此对有些人来说，或许它已是个旧闻。

　　当年，和辻哲郎还住在京都时，有一天，他想邀请西田几多郎老师一同到贵船[2]去远足，顺便品尝樱鳟（日文发音 amago，鲑鱼的一种）。于是天野贞佑（Amano Teiyū）就到西田老师家，问老师愿

1　法文中"日本人"（Japonais）的发音重新拆解组合后，与"已经是小马"（déjà poney）的发音相似。

2　贵船位于京都市北郊，有京都的后花园之称。

不愿意一同到贵船去吃海鳗(日文发音anago),结果老师回答他:"海鳗太油腻了,我不喜欢。"天野向和辻说明原委之后,和辻便向天野解释:"不是海鳗,是樱鳟。"西田老师也觉得樱鳟他愿意一尝,贵船之旅便顺利成行。这段插曲,是天野(Amano)把樱鳟(amago)说成了海鳗(anago)的趣事。原来是因为在关东(Kantō)地区长大、还是康德(Kant)作品《纯粹理性批判》译者的天野,只知道海鳗,没听说过樱鳟。

今年岁末之际,有个寒冷的夜晚,天野、落合太郎和我,一起去了四条通上的一家咖啡馆喝饮料。我对少女服务生说:"给我红茶和饼干。"少女反问:"您说的饼干是指曲奇饼(cookie)吗?"我对她说:"Kuki('九鬼'的日文发音)不用你给我,我可以给你。"接着自己笑了起来,但心里却莫名地揪了一下。我这才知道,原来饼干这个老词,已经被曲奇饼这个新词给取代了。我所栖身的古老世界和少女安居的新世界之间有了隔阂,而这隔阂让我感到些微晕眩。这就是九鬼(Kuki)因为曲奇饼(cookie)而感到揪心(日文发音gukitto)的故事。

在这两组双关语当中,"九鬼(Kuki)因为曲奇饼(cookie)而感到揪心(gukitto)"说起来比较容易,"天野(Amano)错把樱鳟(amago)当成了海鳗(anago)"比较拗口,要说出口比较费力。想必是因为前者从字词的同一性出发,接着就只要还原彼此的量化关系即可;反之,后者则是以相似性为基础,要对字词之间的质化关系进行预测。

写于咖啡馆

高村光太郎

行道树上的马栗新芽正茁壮成长，街边鳞次栉比的咖啡馆透出灯光，倒映出树影。树梢低垂，往远处望去灰影重重，看起来无穷无尽、连绵不绝。强烈的侧光照着这排树下的人行道，让一张张俊男美女的面孔从泛着绿色的暗夜里浮现出来。

高村光太郎

(1883—1956)

◎

生于东京，是日本著名的诗人及雕塑家。1897年进入东京美术学校雕塑系，因看到罗丹代表作《思想者》的照片而大受震撼，于1906年前往纽约留学，之后又移居伦敦、巴黎。至1909年返回日本时，受过欧美自由精神熏陶的高村光太郎已无法接受当时社会陈腐的价值观，对日本美术界怀有诸多不满，便积极在文艺杂志发表美术评论。

1914年，高村光太郎发表了诗集《路程》，并与西洋画家长沼智惠子结为连理。然而，智惠子在娘家破产后，精神疾病常年不愈，于1938年辞世。三年后，高村光太郎结集过去三十年来为智惠子所写的诗，出版了《智惠子抄》诗集，当中多篇作品都被日本各级学校的语文教科书选录。

高村光太郎晚年因忏悔自己曾写过歌颂战争的作品，而独居花卷乡间七年。其间他仍于1950年出版诗集《典型》，并于翌年获得"读卖文学奖"。因为他生前喜爱连翘花，所以后人将他的忌日命名为"连翘忌"。

我在老地方蒙马特高地的咖啡馆里喝酒。前几天你说我脸上藏着深深的悲凄，现在，我突然很想告诉你一个故事，一个我亲身经历的故事。总之，你就姑且一读吧。

　　那天歌剧散场后，我东张西望一下，竟然也快到十二点了。我从弥漫着花香的暖热的歌剧院里，一下子来到了街上。此时已是春天，夜半的风吹起来让人感到舒畅，但又带着些许狂野不羁的气息。

　　歌剧院大道上的数千盏街灯，看起来犹如画着远景的舞台景片[1]般林立。歌剧散场后的人潮，像是穿着华丽服装的一张张黑色骨牌，往左或往右扬长而去。我立起薄外套的领子，靠在地铁入口的大理石栏杆上，考虑究竟是直接回画室，还是去吃一顿晚餐。

　　一想到自己已经连续五六天都在熬夜，于是我决定今晚回画室好好睡一觉，便往地铁站台走去。既闷又湿的发臭空气和微暗的隧道，正打算将人吸进去。十瓦的灯泡在隧道转角处发出微弱的光芒，灯下有一顶丝绸礼帽经过，像被油浸过一样乌黑锃亮。我停住往下走的脚步，不禁心想：画室里那间卧室既寒冷又幽暗，如地窖般，现在要我离开广场上汹涌的人潮，独自回到那么远的地方去，是何

1　舞台景片是指舞台布景上绘有图形和景物的构件。——编者注

等不人道的事啊！

我对自己的心呐喊：“我也是个男人呀！”接着便掉头往回走，来到刚才歌剧院前的广场。弧光灯和白炽灯在柏油路面上，交错地画下了五六道我的影子。

此时，耳畔仿佛传来了一句：“那个俊俏的日本人！”我回头一看，发现在距离我五六步的地方，有三个女人牵着手，快步地往大马路的方向走去。

我也迈开了步伐，但并不是想追上那几个女人：当流过浅水河床的花瓣有一片向右流去时，之后的花瓣也会受到牵动，跟着往右流去。里昂信贷银行大厦那片黑压压的屋顶上方，朦胧的大熊座倒挂在天空中。沿大马路两侧而立的建筑上半部，梅尼尔巧克力、旅游杂志的霓虹灯广告忽蓝忽红地闪烁着。行道树上的马栗新芽正茁壮成长，街边鳞次栉比的咖啡馆透出灯光，倒映出树影。树梢低垂，往远处望去灰影重重，看起来无穷无尽、连绵不绝。强烈的侧光照着这排树下的人行道，让一张张俊男美女的面孔从泛着绿色的暗夜里浮现出来。这些行人熙来攘往，笑语声与马蹄声融为一体，编织出一种欢快的节奏，与空气里饱和的香水芬芳相互融合，构成奇妙的乐曲，听来十分悦耳。我感觉自己就像到了动物园里的鹦鹉馆，听它们那高亢尖锐的声音，在一片纷乱当中自成曲调。就在这些光线、声音与香气的流动中，我随着迂回蜿蜒的浅水河床向前走着。三个女人也还在走着，行进间不时发出尖锐的笑声。

我从小就是在雕塑中长大的，因此我的感官会对万事万物产生一种雕塑式的、立体化的感受。在我懂得如何鉴赏惠斯勒和雷诺阿的画之前，我与雕塑带给我的感官直觉搏斗了很长一段时日，因为我只要一看到往来的行人，他们的裸体就会自动映入我的眼帘。穿过衣裳看到裸体的动作之美，总能让我先心醉神迷一番。

　　那三个女人的体态各不相同，而三种不同体态的错杂呈现，简直是美得直捣人心。

　　当她们走到一家光线特别明亮的咖啡店前时，突然悄悄地失去了踪影，仿佛被卷进了漩涡中似的。回过神来，我才发现自己已置身在那家大型咖啡馆，并在角落的大理石桌前坐了下来。

　　我一边品尝着自己喜爱的风味美式咖啡飘散出的柠檬香，一边环顾室内。鼎沸人声窜入耳中，不禁猜想这些欢声笑语是不是突然迸发出来的；明亮灯火映入眼帘，不禁疑惑四周是不是突然亮了起来；一片红晕袭上脸庞，不禁心想室内是不是突然热了起来。这时，乐队开始演奏起了塔朗泰拉舞曲。

　　哒啦、啦、啦、啦、啦、哒啦啦、哒啦啦、哒啦、啦、啦、啦、啦。

　　我的每一根神经仿佛都在紧绷着。想必这个空间里的所有器皿、所有人的分子，都随着这音乐的节奏，做着相同节奏的律动。用脚打拍子的声音从四面八方响起，两三个女人拿着汤匙[1]下场跳舞。她们身穿轻薄罗衫，衣衫薄得仿佛吸附在她们的身上似的。她们的出

1　塔朗泰拉舞的舞者常会手持铃鼓跳舞，这里的汤匙是铃鼓的替代品。

现让全场欢声雷动，我也跟着拍起了手。此时，有几个人异口同声地说："这位先生，你好！"她们还拍了拍我的肩膀。原来是刚才的那几个女人。

"您在跟踪我们吗？"

"我没有跟踪你们。我是跟在你们后面进来的。"

"您今晚上哪儿消遣去了？"

"歌剧院。"

"喔，今晚上演的是《萨朗波》[1]。"

"滚开！她是我的女人！"其中一个女人做出手势，模仿剧中角色的声音，高声地说。我全身上下的神经，仿佛都已冲到了皮肤表面。女人们的眼神，女人们的声音，女人们的香气，化成了一股犀利的力道，透过触感刺激着我。她们顺应我的邀请点了酒，我也跟着喝了一些。接着她们唱歌，我打拍子。最后，我宛如麝香完全入味的一块蒸肉，带着其中一人走出了咖啡馆。

我想我从不曾像今晚这样，仔细地品尝肌肤的鲜嫩。

早晨到来。

我在白被单里吃了羊角面包，喝了咖啡。阳光透过窗户洒进室内，远处万神殿的圆屋顶隔着薄纱窗帘，呈现出蓝绿的色泽。窗外传来声音不大却气势雄伟的汽笛声响；收破烂的旧货商发出即兴的招揽

1　《萨朗波》是根据古斯塔夫·福楼拜的同名小说改编的歌剧作品。

声，听来颇有怀旧风情；车辆从窗外驶过，伴随着一阵车轮碾压路面的嘎啦声响，四下里一片喧哗。

本来已经睁开双眼的女人，又昏昏沉沉地睡去。她那长长的睫毛微微地颤动着，手臂的肌肉不时地颤抖。

我则在静静地思考从昨晚去歌剧院后到今天早上，自己所有的情绪起伏。能和别人一样开心享乐，和别人一样感伤悲凄，我感到无比满足。我闭上双眼，胡乱想着一件件没有结果的事，耽溺于不负责任的邪念之中。

突然间，耳畔响起"你还在睡吗？"的声音。一股残留着金鸡纳树皮酒香的气息，蒙上了我的脸。我看到一双澄澈透明的水蓝大眼出现在我面前。

水蓝色的眼睛！

从那双眼里，我看到印度洋上普鲁士蓝的天空，看到天空下的群岛海域，海水看起来清澈极了。我看到巴黎圣母院的彩色玻璃碎片，看到莫奈笔下夏日树影的颜色，看到清真寺藏宝库中透着神秘色彩的深蓝色宝石。

我看到那双眼睛里的颜色闪动了一下。接着她说："起床吧！起床去吃饭吧！"

我没想到会听见如此平凡的事，大吃一惊，连忙从床上跳了起来。女人说今天要在大学咖啡馆吃午餐。

我踉踉跄跄地走到洗脸台前。正当我转开热水龙头之际，没想到，对，还真是没想到，往头顶方向一看，有个陌生的黝黑男人，穿着睡衣站在那里。极度的不悦、不安和惊讶之情同时向我袭来。我再定睛一瞧，才发现那里有面镜子，镜子里的人就是我。

"啊……我终究还是个日本人，是个黄种人，是和他们不同的人。"

如梦似幻的情绪，此时如雪崩似的从底部整个崩坍。那天早上，我很快就逃离了那个女人，在画室冰凉的木地板上颓坐许久，细细品尝着这段苦涩的回忆。

我要告诉你的就是这些。今晚，我该从这里前往何处呢？

巴黎的咖啡馆——早晨与中午

冈本加乃子

　　春天该去的地方，不是被阴影笼罩的马克西姆餐厅，也不是严肃正式的富凯咖啡馆，更不是充满美国肥皂味的安帕咖啡厅。圆点这家店虽然男服务生待客稍显冷淡，但总能像有戏上演的舞台般吸引顾客上门，莫名地适合春天造访。

冈本加乃子

(1889—1939)

◎

　　小说家，1889 年出生于东京。师从女歌人与谢野晶子，早期以诗歌创作见长。1910 年与漫画家冈本一平结婚，婚后却因夫妻间的对立与次子的猝然离世，患上严重的神经衰弱。此后开始钻研佛教各流派，并发展出独特的生命哲学，作品中可以见到宗教对其的影响。1936 年发表以芥川龙之介为原型的小说《病鹤》，受川端康成好评推荐，正式于文坛出道，并在短短三年间发表《母子叙情》《金鱼缭乱》《老妓抄》等代表作。其作品极富生命力，常交织着浓密的情感与敏锐的人间洞察。

旅人鸡尾酒

旅人先到歌剧院大道的转角，找到和平咖啡馆，去试一试巴黎的椅子坐起来够不够舒适。店铺的桌子已摆到店外，占去了人行道大半，角落里围着带玻璃屏风的露天雅座，雅座中间摆了一个圆形的暖炉，温暖了旅人的背。

店里有眉毛和头发花白的北欧女人，颧骨突出、颇有东洋味、细看却像个西方人的中东男子，留着平头、没穿西装背心的德国人，鼻头尖尖的中年英伦绅士。

身穿虎毛外套，戴着圆框眼镜的女人，十有八九是个美国女人。一个女子一边吞云吐雾地抽着烟，一边紧盯着身穿燕尾服的巴黎男人——一个年轻俊美的男服务生。三四个中国女学生留着不带波浪卷的娃娃头，用流利的法文交谈着。

旅人将四周顾客的相貌全都打量了一番。原来如此，这就是梵·邓肯[1]所说的"这是一个鸡尾酒的时代"。

对街的女装店如孔雀般，展开缤纷的雨棚。戴着大礼帽的黑人青年和如丝线般细致的巴黎女人挽着手出现，从小巷里走出来，往那家女装店的橱窗前走去。

1　基斯·梵·邓肯（1877—1968），荷兰野兽派画家。

三个好姐妹

阿龟小姐和塔季扬娜公主[1]，还有一个普通的女人。没错，还是这样称呼她们最好。身穿时下流行的波斯服装，款式还一模一样的三个女人，选了咖啡馆内侧树荫较多的座位。她们都是风尘女子，给自己牵来的小猴子喂了点栗子之后，便开始互相比较谁衣服上的皱褶挤成的圆窝更多。最后她们达成共识，三人之中最好有人能找到愿意请她们吃午饭的金主，然后三个好姐妹今天好好玩上一整天。其中一个女人拍了拍另一个女人的脸颊，说："别对我们姐妹抛媚眼，你忘了，咱们是要做谁的生意啦？"接着便咯咯地笑了起来。

从斜对面的英系银行——劳埃德银行里，走出一位留着胡子，身穿灯笼裤的英国人。他挑了一个阳光充足的座位，摆出一副对那三个女人不以为意的表情，彬彬有礼地点了烤面包和红茶。

三个女人也完全没把他放在心上，继续咯咯地笑着。

1　塔季扬娜公主是俄国末代沙皇之女，此处是作者起的外号。

来自圆点

在这个让人不禁心想"真是风和日丽！悠闲到想放只气球飘上天"的日子，大家都不约而同地望向天际。空中还真的飘着一只气球，上面写着"春天的香水，紫罗兰气球"。过分用心的安排，反而让人觉得无趣。

从建筑鳞次栉比的香榭丽舍大道，一直走到群树林立的大道交叉口。路口有家名叫圆点的咖啡馆，它与小喷水池隔街相望。咖啡馆的建筑仿佛是在蜜桃粉色的糕点上画了绿色的装饰线似的，十分罕见。

春天该去的地方，不是被阴影笼罩的马克西姆餐厅，也不是严肃正式的富凯咖啡馆，更不是充满美国肥皂味的安帕咖啡厅。圆点这家店虽然男服务生待客稍显冷淡，但总能像有戏上演的舞台般吸引顾客上门，莫名地适合春天造访。马栗树的花也近在咫尺，因此在附近散步的游人络绎不绝地走进来，在店里歇脚。

"要不要来一串糖核桃？"

"熏鲑鱼三明治，鱼子酱，还有意式煎蛋和鳗鱼。"

少女们拿着各式三明治，在男服务生们忙于服务之际，游走在众多等候的客人之间兜售。

"请问一下，有没有蜜桃果泥和意大利苦艾酒？"戴着无檐小圆帽的女客人点完餐后，对着外场的几面镜墙搔首弄姿，并对镜子里的自己评头论足：背面，喜欢；偏侧面，有点喜欢；侧面，不喜欢……那就正面全身吧！她假装调整座椅，然后站了起来，但是正面最大的那面镜子上满是马栗树影。衬着白花的淡绿树叶和簇拥着红花的深绿树叶层层叠叠，直到稀疏之处，镜子里才稍微映照到女客人的小圆帽外缘。镜中的她，早已被前方那些客人来来往往的身影遮挡得看不清了……

　　室内满满的男宾女客，他们的姿态和咖啡香及微微的酒香相互糅合，或多或少已经开始发酵。众人谈兴正高……

　　"据说巴黎消防部门近日下令，停止给消防队员配发白葡萄酒了。"

　　"是为了节省经费吗？"

　　"不是，据说是因为有人喝了配发的白葡萄酒后睡着了，影响了勤务。"

　　一个年轻女子貌似凝重地向年迈的丈夫说：

　　"我想现在全巴黎最不幸的女人，应该就是我了吧。"

　　"怎么啦？"丈夫心不在焉地问。

　　"因为我的通便剂一直都不见效呀！"

　　"唉，你又在开那些早就被识破伎俩的玩笑了。"

　　店外有些刚参观完巴黎大皇宫春季美术展的人，三三两两的，正为晚餐前这么长时间该如何消磨而烦恼。

有一个人把拐杖立在花园的绿草坪边，心里想：

"风信子看起来应该不会抽烟，但郁金香看起来就像是会抽烟的花。"

林荫下有收费的座椅，还有免费的长椅。

氤氲的蒸气，让凯旋门到方尖碑之间的距离，看起来比实际的距离更远。香榭丽舍大道北侧的商店，先前曾展出过夫妻共乘的小飞机，此举引发了热烈的讨论，据说飞机后来已顺利卖出。仿佛还能看到红色的机翼穿过蓊郁的马栗树林，斜着身子忽然出现在道路上的样子。在它对面的那间屋子，是一栋具有保存价值的建筑。听闻房主要把房产转手，文化官员连忙发函给即将接手的新房主，请求由政府负责保护这栋建筑。好不容易等到了回信，信上是女人的字迹，写着："不劳政府费心。这栋房子是我以爱为代价从前房主手中获得的，本人定会爱惜。谨此。"

巴黎的老古董

以歌剧院的十字路口为中心，向左右延伸出去的嘉布遣大道和意大利大道上，咖啡馆林立。这些咖啡馆早上打扫完毕后，桌脚和椅子脚处会留有一小堆红沙。汽水瓶和装着甜面包的篮子，在条纹桌巾上沐浴着日光。咖啡馆顾不得还有短暂的秋天，干脆在角落围起了玻璃屏风，还拿出圆形暖炉放在露天咖啡座正中间，作为抵御冬天的装备。

每当公共汽车驶过，摇撼大地之际，马栗树或法国梧桐总会飘落些许树叶下来。

午间报纸头版的纸面上还留有未干的油墨。漫步林荫大道的人把它丢到桌上，先来品味一下咖啡馆的寂寥。他是巴黎的老古董，是在战争结束后从工作岗位上退休下来的文人。以往，他就在这附近的杂志社或报社工作，因此至今仍延续着当年的习惯，散步到这里来。在颓废主义时期培养出雅趣的他，对时下唯物式的审美，总会毫不保留地加以批评：

"近来在西郊兴建的那些新住宅，根本称不上是建筑，那是建筑的骨架，连装潢都没有……"

不仅如此，他还是个"法国主义者"。他对一位点了鸡尾酒的美国女孩这么说："这位小姐，不好意思，巴黎可没有一种叫作鸡尾酒（cocktail）的东西，我们有的是卖弄风情（coqueter）[1]，和美国完全不同。"

---

1 cocktail 和 coqueter 读音相似，此处为文字游戏。——编者注

十一号

　　以玛德莲教堂为圆心，直径约半英里[1]的圆形范围里，潜藏着几家赌博旅馆。早晨，在意大利大道上的一家咖啡馆里，有位围着丝巾的绅士，瘫软地垂着手臂。他刚从其中一家赌博旅馆走出来。这位绅士用他那双因尼古丁中毒而变得冰冷干燥的手摩擦着头发，努力想找回触觉，口中还喃喃自语道：

　　"十一号、十一号、十一号、十一号……"

　　最近，圣雷莫赌场发生了一件大事，场中的轮盘连开了六次十一号。前四次都是同一个人押中的，第五次和第六次才换了人。要是同一个人连中六次，算起来赌场就要损失七十万日元了。

　　这个传闻流传到社会上之后，十一号这个数字便带着神秘的色彩，抓住了赌徒们的心。许多人前仆后继地效仿，押十一号，结果只能任凭让人捉摸不透的数字摆布。

　　围着白丝巾的绅士，毫不迟疑地把装着热咖啡的杯子凑到干裂的唇边。熬过痛苦的不适后，浓郁的芳香渗入五脏六腑，他的眼前出现了双重蝶影的幻觉，既不是蓝色，也并非粉红。这只蝴蝶大得铺天盖地，随后消失得无影无踪。对面的商店街上，有人正在店铺二楼的窗前清扫装饰用的布偶。

1　1英里约等于 1.6 公里。——编者注

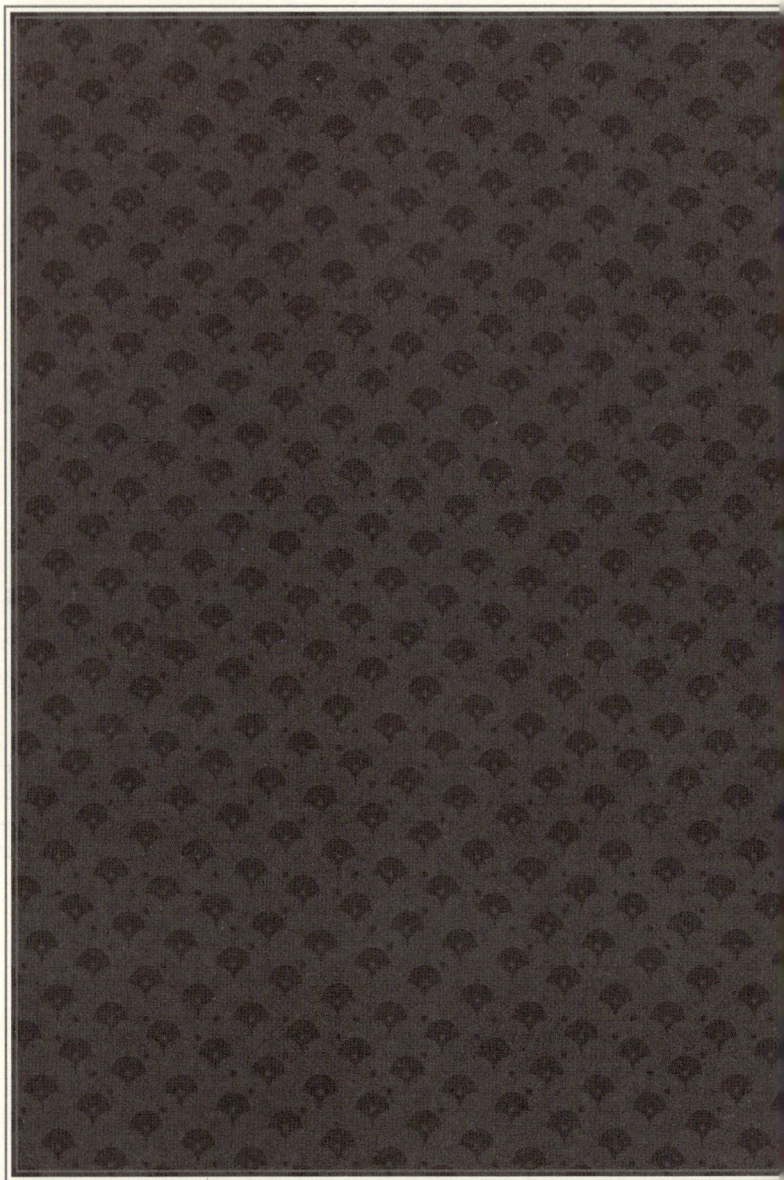

輯二

温度
焙人情

◎

コーヒーをお願いします

孤独

兰郁二郎

  这里毕竟是个大都市，我们每天在街头、电车里、公交车上，会遇见成千上万的人，却都只有当下的一面之缘。下一瞬间，这些过客就会在某处消失不见，不再映入我的眼帘。

兰郁二郎

(1913—1944)

◎

东京人，本名远藤敏夫，亦曾以林田莅子为笔名。就读于东京高等工业学校电气专业期间，曾以《停止呼吸的男子》参加《江户川乱步全集》附录征稿，获得美誉。1935 年创办推理同人刊物《侦探文学》，1938 年起连载科幻小说《地底大陆》。自此跻身于当红作家之列，并积极发表科幻小说作品。二战期间，兰郁二郎被征召入伍，成为海军记者。在一次原计划前往东南亚采访的航程中，飞机不幸失事，兰郁二郎因公殉职，享年三十一岁。

兰郁二郎早期作品以诡谲的推理小说为主，后转向科幻小说，与海野十三并称为战前日本科幻小说的先驱。著有《梦鬼》《魔像》等作品。

洋次郎很喜欢银座后巷里一家名叫"吊篮"的小咖啡馆。曾几何时，他几乎成了这家店的常客，但还不至于到专程光顾的地步。只不过，爱出门的洋次郎，就这样每天往应有尽有的银座跑，而去了银座，就免不了要走进吊篮坐一坐。

　　吊篮的店面虽小，却都是包厢式的座位，里面摆放的是乌黑又极具分量的桌子。此外，不知是不是因为客人很少的关系，在这里待再久，店主都不会露出半点不悦之情，这一点更是深得洋次郎的心。

　　洋次郎最喜欢坐在角落的包厢里，享受一边啜饮咖啡，一边沉溺在各种无聊幻想里的感觉。

　　有一次，他在临近傍晚时走到熙来攘往的街上，发现在四周巨大的霓虹灯招牌之中，吊篮显得格格不入，看起来竟让人心生怜悯。

　　在此之前，洋次郎压根没想过会有个素昧平生的男人，在这家店里找他攀谈。那个男人似乎比洋次郎更早成为这家店的常客。洋次郎刚开始在这家店出没时，男人独自一人在包厢里若有所思的模样，曾隐约出现在他的眼前。

　　对于比一般人更加沉默寡言的洋次郎而言，那个男人——男人自称姓原——滔滔不绝地找他聊各种话题，其实让他内心感到些许诡异。

不过，听着听着，不知道为什么，洋次郎觉得自己似乎渐渐明白了。

（这个男人疑心病太重了……）

这个男人谈的内容都很玄妙。对此，洋次郎很难一笑置之，总觉得有些什么涌上了他的心头。

"我看你好像经常到这家店来。你来这里的路上，会不会老是遇到同样的人？"那个自称姓原的男人问。

"这个嘛，仔细想想好像没有。"

"这样呀！这件事让我觉得很玄妙。这里毕竟是个大都市，我们每天在街头、电车里、公交车上，会遇见成千上万的人，却都只有当下的一面之缘。下一瞬间，这些过客就会在某处消失不见，不再映入我的眼帘。"

"可是，以十年甚至二十年来看，我们应该有机会和同一个人偶遇吧？"

"或许如此，但我们真的能想起先前在哪里见过这个人吗？若是在乡下，人烟稀少，只要住上一个星期，就会有好几个熟面孔。这样一想，就不免觉得这还真是大都市的骇人之处啊！"

"那么，我和你——你好像也每天都光顾这里——如此频频偶遇，是有什么特别的缘故？"

"是的，没错。其实我很感谢你。走在街头、路上，到处充斥着这么多素昧平生的面孔，而我却能每天都和你不期而遇，让我觉得非常安心。"

姓原的男人说着说着，便掏出香烟，硬是劝洋次郎抽。

"你去拜访朋友时，要是不巧朋友不在家，我想你应该会非常失望，非常空虚吧。脆弱的我，实在受不了这种被陌生面孔包围的感觉。"

洋次郎说着，拿起火柴，啪的一声点燃。姓原的男人见状，突然话锋一转：

"不过，我倒是很喜欢这种感觉。"

洋次郎不解。

姓原的男人突然用很冒失的字句，说起了让人不明就里的话。洋次郎不假思索地把抽了一半的烟从嘴边拿开。

姓原的男人仓皇间乱了手脚。

"不不不，我的意思是说，在喧嚣中，在摩肩接踵的人潮中，才有真正的孤独。就像在蔚蓝的天空下才有漆黑的阴影似的……"

然而，此刻的洋次郎已无法回答。自从刚才他拿起那根对方递来的香烟，抽了一口之后，就有种心脏卡在咽喉、身体快被压扁似的感觉。他往前倒在桌上，四周变得黑暗朦胧，一种无法言喻的痛苦在体内四处流窜，并在全身上下散布着一种剧烈的无力感。

就在意识逐渐模糊之际，洋次郎听见姓原的男人说了一句恶毒至极的话：

"永别了！其实我对孤独情有独钟，正因为我爱孤独，不愿孤独被打破，所以你非死不可。被世间万事万物遗忘，任世间万事万物扭曲的我，孤独是我仅有的慰藉，我不希望它遭到你的破坏。永别了！"

人生指南

坂口安吾

　　机器生产的面条大量抢攻市面，价格便宜，虎二郎的面当然就滞销了。虽然有些店还坚持用他的面，说手工面条吃起来就是不一样，但这些店都是一天大概只能卖出十份的咖啡馆。大型餐馆为了追求低价，宁愿牺牲口味，于是纷纷改用机器生产的面条。

坂口安吾

(1906—1955)

◎

日本著名小说家。本名坂口炳五，1906 年出生于日本新潟。1926 年进入东洋大学印度哲学伦理学系就读。后又进入法国语言学校就读，热衷于阅读莫里哀、伏尔泰等文学大家的作品。大学毕业后，和法语学校认识的朋友创刊《言叶》杂志。二十五岁开始于日本文坛崭露头角。短篇作品《风博士》《黑谷村》获小说家牧野信一夸赞，将他一举推上日本文坛新进作家之列。战后发表的评论《堕落论》与小说《白痴》，构筑出一种颓废的"输家哲学"，更在社会与文学界掀起狂潮。1947 年发表的长篇推理小说《不连续杀人事件》，获得第二届侦探作家俱乐部奖（今称"日本推理作家协会奖"）。

据说在报纸上拥有最广大读者群的，就是"人生指南"或"职业咨询"之类的专栏。

　　然而，真正想到这种地方寻求人生指南的投稿，数量其实并不多，不少人都是抱持着"拿这种问题去投个稿"的心态，擅自杜撰出一个烦恼。负责这个专栏的编辑，通常一眼就能看出真假，但这种杜撰的烦恼往往比真实人生更有趣，因此编辑便在知情的情况下，默许造假文章出现在报纸上。毕竟让文章成为版面上最出色的读物，才是这个专栏真正的目的，而不是解决读者的烦恼。这个专栏必须让读者可以随时轻松享受阅读的乐趣，每天还要有不同的变化，因此负责提供指引的人生导师，阵容也要包罗万象、一应俱全。有人说话直截了当，有人勇敢大胆，有人感性爱哭，也有人爱训斥责骂。由男性来出任这种导师，似乎不是很有意思。为有着诸多人生烦恼的普罗大众点亮明灯、对其谆谆教诲的导师，若是人中长满了大胡子或顶着光头的重量级大师，未免也太无趣，太不吸引人了。要是中产阶级的女性导师，那可就价值连城了，毕竟女人味还是很重要的。就是因为有这种导师，游手好闲的男人们才会愿意拼命地调整笔迹，挖空心思杜撰烦恼吧。

在某个乡下小镇上，有个男人近年来很热衷这种投稿。他的本业是兜售自制的面条。这样的乡下小镇，就算卖给自己在家煮面吃的人，一天大概也只能卖出个十人份，所以他都是骑着自行车，到三四里外的三个城市去兜售面条，主要是卖给一些餐馆或咖啡馆，而不是专业的拉面店。就在这些客户店里歇脚看报的过程中，他成了人生指南专栏的忠实读者。

"唔，今天女杉老师哭得还真惨，好像还合掌敬拜了一下。真是太有意思了！"

"我不喜欢女杉那种爱哭的人。大山羽出子老师最棒了，说话直爽明白。"

"唔，说得也是，她的意见有时候也蛮有意思的，人很活泼，干脆中又带有女人味。真不知道她的长相如何。"

"你们读报的方式还真奇怪。"

咖啡馆的女服务生表示不屑，但这完全不是问题。这些咖啡馆的女服务生个个浓妆艳抹，一天到晚吃着店里的东西，只要没有客人在，就拼命扭腰摆臀，练习梦露步伐，一点女人味都没有。而人生指南的这些导师们，既有威严，又有气质，有血有泪，知书达礼，还隐约带有几分女人味，一股源源不绝的女人味。

"好！那我也来投一篇稿！"

此话既出，他便花了一整个星期的时间，夜以继日地写出一篇述说苦恼的男性悲情文章。他自己没有适合投稿的烦恼，所以只好杜撰撒谎，但他并非有意欺瞒众位导师，他觉得自己只是像写情书般，在文章中投入了自己的真感情。他勤奋用功地写，并把稿子寄送到各大报。而大多数情书的宿命，都是石沉大海，音讯全无，但他并不气馁，反而更热血沸腾地继续写。

起初他写的内容是自己同时爱上了 A 女和 B 女这种老套的故事，接着还写了九岁时被表哥调戏过的花样少女之事。最后竟然还写出一个男人长到了二十五岁，才发现自己的身体出现异状，看到同性健壮的身材，会觉得呼吸困难，甚至不由自主地全身发抖的故事。他总共寄出了六十多封投稿，虽然只有三篇获选，却已经让他非常开心了，感觉自己好像多活了好几年似的。

这个男人其实已经不年轻了，他三十八岁，名叫山田虎二郎，当过二等兵，还曾被敌军俘虏过。家里有老婆，还有两个小孩，一个六岁，一个三岁。

自从虎二郎开始热衷投稿之后，就荒废了晚上该做的工作，早上也很晚才上工。他主要的工作，就是负责把太太做好的面条拿出去兜售而已。而他之所以愿意天天出门卖面，是因为他需要看客户店里的报纸。所以除非狂风暴雨，否则他是不会在家休息的。自从"老婆制面，老公卖面"的分工定下来之后，他太太就一直很勤奋地工作，非常辛苦。可是在日本，太太天生注定就是要吃亏的。而他太太也认为，先生只不过是花点钱买纸和邮票，总比沉迷小钢珠要来得好，便对他忍气吞声。

然而，最近生意越来越差。这倒不是因为虎二郎沉迷投稿，而是小本生意的悲歌。机器生产的面条大量抢攻市面，价格便宜，虎二郎的面当然就滞销了。虽然有些店还坚持用他的面，说手工面条吃起来就是不一样，但这些店都是一天大概只能卖出十份的咖啡馆。大型餐馆为了追求低价，宁愿牺牲口味，于是纷纷改用机器生产的面条。因此，虎二郎的面条现在一天顶多卖出三十份，而且还不是装在海碗里的三十份，只是普通的三十份，能赚的钱实在有限，不足以让全家糊口。

"不转行的话，我们就要活不下去了呀！"

"哪来的本钱啊！"

"所以我就说，要是当初一天还卖个三五百份的时候，好好把钱存下来就好了。结果你老是把钱拿去买什么文章写作、书信写作、字典这些书，还有《性的秘密》之类的怪书。你别再管什么人生指南了，去当个二百四[1]也好，快给我努力赚钱去吧。"

"唔……二百四？原本生意兴隆的中餐馆，因不景气而倒闭，家中妻儿都在嗷嗷待哺。这下子究竟是要寻死，还是要当二百四？这个桥段应该可用！"

"你在说什么傻话呀，大傻瓜！"

太太气得暴跳如雷，虎二郎却很仔细地听着她所说的每一句话。她破口大骂"大傻瓜"，再用脚踢自己的老公，最后还气急败坏地

1　二战后，东京都政府为改善失业，颁布补助政策，让每位日薪工人可领到两百四十元的日薪，因此这些日薪工人被称为"二百四"。

抓起菜刀要砍人……就在千钧一发之际，虎二郎抢下了刀子，但他脑中还在思索着这一切。太太的气急败坏，先生看到这一幕的锥心之痛等等。

然而，再怎么样还是不能让这一家人都饿死，这是现实问题。他试着找了很多工作，都没有着落，最后还是成了二百四，太太说的气话一语成谶。

*　　　*　　　*

虎二郎以为当个二百四，至少能维持最低限度的生活，结果似乎并不是立刻就能领到两百四十元。根据规定，到就业服务站的窗口办理登记，成为所谓的二百四之后，第一个月每天只能领到两百元，要到第二或第三个月才能领到两百四十元，只要没工可做就没得领。可是光这点钱实在无法撑起一家人的生计，太太只好一边照顾孩子，一边做些家庭零工，总算能勉强应付每天的生活开销。

虎二郎成了二百四之后，最让他感到痛苦的就是看不到报纸这件事。他自己当然没钱订报纸，其他二百四的同伴们也没有，又不能请人生指南指点一下没报可读的时候该怎么办，这下子还真是麻烦了。

“我说阿竹啊，有件事想和你商量，你要不要去当送报生啊？”

“那是小孩子的兼差工作，赚不了几个钱。”

"那叫我们家的小鬼去做？"

"我们家的小孩才六岁啊！"

"六岁还不能去送报啊？那……"

他没有继续说下去，但并不是就此无可奈何地放弃。他心想那就由在下我来当吧！穷愁潦倒，还沦落到当二百四，最后如果连读读人生指南、投投稿都不行，那活着也没什么意思了。于是他来到了报纸经销处，经销处的老板傻了眼，不知道世上怎么会有这么不明事理的人。

"送报生是小孩子的兼差工作啊！"

"也不是没有大人在送报吧。"

"东京那种大范围的才有。如果一个地区里家家户户都读报，甚至有很多人还想再读一些别家的报纸，那种地方或许就会有大人当送报生。我们这种乡下地方，如果可以的话，我还想叫狗去送报呢！"

"没关系！就因为你认定了我是个大人，所以才觉得不行，把我当个小孩子就好。"

"你听到薪水可别吓一跳。薪水是一小时十元，三十分钟以下就无条件舍去，算起来早晚各可赚二十元。这对乡下小孩来说的确是高薪，但愿意投入这一行的人很少。"

"一天赚四十元啊……那这样一个月就有一千两百元，每天都会有工可做，还算稳当。这样吧，我每天送十五个小时的报纸，你能不能付我一百五十元？"

"早晚都要在规定的时间内送完，才叫送报！"

"真糟糕……那要不然这样吧！我每晚八点都到这里来报到，就让我看看各大报吧？"

"我这里是卖报纸的地方，让你看免费的，那我还做什么生意呀？滚去找别人家让你免费看报吧！"

既然读不到人生指南，那就没有提笔写文章的动力了。虎二郎心想，再怎么咬紧牙关，都要让自己晋升到订得起报纸的身份才行。然而，现在想这么远大的目标，还是解决不了眼前的这个难题。

他由衷地诅咒，并感叹起了人世间的宿命。看样子人生真正的烦恼，并不适合写成文章。为了投稿到人生指南专栏，所以想看报，却因为穷而买不起报纸。就连开口向报纸经销处的老板说自己愿意工作十五个小时，老板还是不愿用我。要是把这件事投稿给人生指南，要他们帮我解决这个烦恼，内容固然不是捏造，但我实在不愿意动笔写这么无聊的困扰。然而，说这是无聊的困扰，确实是无礼至极。对我而言，这可是最重要、最心痛的烦恼；但以投稿专家的专业眼光来看，它的确是个无聊的困扰，再怎么说都没用。毕竟要想中选，就得要是淌着鲜血或热泪的旷世巨作才行。

"我说阿竹啊，有件事想和你商量下，你要不要去餐馆工作啊？我看到外面贴了征人启事，才想说来问问你。那可是一流的大餐馆！

从可供好几百人大摆宴席的大宴会厅，到精致的两坪[1]场地，加起来总共有好几十间包厢，是一家大店。员工可以住家，也可以住店，每天在店里吃三餐，又会发工作穿的服装，这样薪水还有五千元。另外还有客人给的小费，林林总总加起来，听说可以有个一万元上下。总之人不能穷，我们要设法赚钱，然后再想法子赚更多钱才行。你说对吧？"

"那我不就没办法照顾孩子了吗？"

"交给我来照顾吧！"

"那你是不打算工作了？"

"不是，我没有这样想，我要一边照顾孩子，一边做家庭零工。你现在做的家庭零工是什么？"

"我不是正在你面前赶工吗？就是一些缝补的针线工作呀！"

"这点小鼻子小眼的工作根本赚不了钱。我打算带孩子们到河边去钓鱼，要是能钓到樱鳟或香鱼，那可就发财了。就算下雨，也不见得一定要停工。"

"要是真有那种能让我赚一万元的工作，当然很好。不过你一个大男人，整天在家游手好闲，帮小孩料理三餐和把屎把尿，实在是太难看了。当个二百四，至少你还有工作，在外人面前面子也比较挂得住。"

"你出去工作，存了一笔资金之后，我再来做点小生意，这样

---

1 1坪约为3.3平方米。——编者注

不就很有面子了吗？面子的事以后再说，现在可不是顾得了面子的时候。总之我们得做点赚钱的事，什么事都行。"

"要是人家肯用我，我去餐馆工作也无妨。我呀，已经厌倦穷日子了！"

"当然要人家肯用你才行。我这就叫人生指南——对于人生的何种时刻该如何应对，普天之下大概没几个人能像我这样，有如此深厚的造诣吧。总算不枉我一直潜心钻研此事。我来为你指点人生明路，你尽管放心听我的就好！"

阿竹以往就是个在小饭馆工作的女人，被经常上门推销面条的虎二郎看上，两人才在一起。当时虎二郎的面条生意正值全盛时期，阿竹也觉得这个人应该值得托付终身。她的容貌脱俗，略有几分姿色，年纪也和虎二郎差了十岁，今年才二十八。只要稍微打扮，应该会是个很受瞩目的女人。要是就这样在穷愁潦倒中一天天老去，阿竹自己也觉得遗憾。

阿竹向餐馆应征之后，经过三天的试用，以极佳的表现顺利获得了餐馆任用。

*　　　*　　　*

从这个乡下小镇到餐馆，交通很不方便，毕竟这里不比东京，交通工具相当贫乏。不过，深夜一点还有公交车会在餐馆附近停靠。

这班车十点钟从东京发车。搭上它之后，只要大概二十分钟，就会把阿竹载回她住的镇上。平常阿竹还不至于赶不上这班车，但她常来不及搭上前一班，也就是十一点离站的那班公交车。一旦错过，会有将近两个小时的空当，那可就不太妙了。

有两个同事会和阿竹走同一个方向，搭同一班公交车回家。阿节是战争遗孀，年纪最长；阿靖则和阿竹同年，前几年离了婚，成了单身女人。其实说穿了，这家餐馆的服务生当中，年轻女孩很少。

阿节和阿靖只要没赶上车，就会找找附近有没有熟识的客人，或设法把客人叫来，要他们在附近的小餐馆请喝酒，消磨一点之前的这段时间。有时打得太过火热，就干脆连公交车都不搭，和客人一同消失在夜色里。这种事时常发生，因此和她们结伴同行的阿竹，好几次都是自己一个人被抛下，或是被其他客人纠缠搭讪。

"什么嘛！'我是有夫之妇，请放尊重一点？'那种货色，算什么丈夫呀？叫太太出来工作，自己在家游手好闲。整天盯着稿纸本来是没什么问题，我还以为他是在写小说什么的，结果竟然只是个人生指南的投稿狂。我从没听说过这种怪人。'我有个未婚妻叫A。一次偶然的机会下，我在酒席上喝醉了，回家途中被朋友找去风月场所过夜，在那里遇见了B，从此便忘不了她对我的纯情真爱。'我读完他的投稿之后，忍不住捧腹大笑了起来。他可是个三十八岁的大男人呀！你还真是跟怪人同住在一个屋檐下呢！好好的一个女人，何必为那种老公守着贞节牌坊？找条杂种狗或草蛇来，要是它们愿意把那种人当成老公的话，或许才肯为他守贞吧。天底下找不到比他更糟的人了，别再为他守着贞节牌坊了！陪客人过夜赚钱才明智。"有一天，阿靖喝得烂醉，对阿竹的遭遇实在是看不过去，便把累积在心里的话全都说了出来。阿竹本来想把这件事当作是阿靖这个离了婚的女人见不得她好，但其实并非如此。近来，阿竹也开始深刻地感受到，山田虎二郎似乎真的是个罕见的怪人。

阿竹每个月只拿五千元回家，其他的钱就拿来为自己添购生活所需，或当零用钱花掉，有时也会帮小孩买点东西。而虎二郎竟从父子三人那五千元的生活费当中，拿出十分之一来订报纸，还一天到晚专心地想着投到人生指南的稿子该怎么编、怎么写。

最夸张的是，最近他竟然开始在人中留起了一撮小胡子。

如果他沉迷的是小钢珠或赌自行车赛，处理起来固然也很棘手，但最起码全国各地都还有许多他的同类，不至于让人怀疑他这个人活着到底有什么意义。但已经三十八岁的人生指南投稿狂，竟还留起了小胡子，这种人未免也太过奇怪了一点。

带着两个孩子，活在家徒四壁的环境里，不慌不急地醉心于他的人生指南当中，这种愚蠢和醌醌，已逐渐转化成一股淡淡的诡异，阿竹只要一走近住处，在踏进家门之际，就会感到一阵背脊发凉的阴森。

只有杂种狗和草蛇才会为他守贞——这句话还真是至理名言，说得阿竹也不得不暗自同意。她其实并不想趾高气扬地说我老公如何如何，只不过她也不能把有的东西说成没有，才会说我家里还有该死的老公在等着。阿靖和阿节的这番指责，反而让她感到一种莫名的解脱。

"我老公的确不是个值得拿出来说的人，但既然生米已经煮成熟饭，我也无可奈何。最近只要看到我老公在人中留的那撮小胡子，我就觉得很烦躁，有时会气得脑门充血，有时还要拼命忍住脾气。我受够了，我会睁大眼睛仔细挑选下一个男人的。"

阿竹整个人都变了。

一个女人，家里有懒惰的老公，还吃了不少苦，当她出外工作，置身活泼而奢华的世界之后，自然就无法再回到自己昔日那个阴暗的巢穴里了。当先生过着一贫如洗的生活时，千万不可让太太出门工作。

男人越穷，越是应该独自咬紧牙关，拼命工作，以保护太太和小孩。让太太出门工作，是生活轻松惬意的人，为了要让生活更丰富充实所应该做的事。在穷困潦倒、朝不保夕的情况下，若非得要让太太出去工作，太太将永远无法再回到原本那个阴暗的家庭里。这可以说是脆弱的人类世界当中一种悲哀的宿命。

如果太太是去当个帮佣，那倒还好，要是到餐馆或咖啡馆去当服务生，置身灯红酒绿的花花世界，自然就容易觉得自己原本的那个家惨不忍睹，难以栖身。阿竹认真打扮起来，其实还挺迷人的。她的情感也很丰富，很能撩拨男人的心弦，不少男人都想一亲芳泽。

既然她都觉得自己要睁大眼睛仔细挑选下一个男人，应该就没那么容易被轻浮男人的花言巧语蒙骗了吧。

有个姓矢泽的布庄老板，他不是逢场作戏，而是真心地喜欢阿竹才苦苦追求，似乎还为爱憔悴了不少。阿竹觉得这样应该可以放心，便答应让矢泽当自己的地下情人，并以身相许。

矢泽的身份，毕竟也不允许他每天晚上都和女人在外过夜幽会，所以起初他还会用私家车送阿竹一程。后来阿竹越来越大胆，两人共度春宵之后，就算矢泽回去，她还是会在温泉酒店留宿。就因为这样，虎二郎也开始怀疑太太平时究竟在搞什么名堂了。

＊　　　＊　　　＊

明察暗访之下，虎二郎才发现阿竹原来是勾搭上了布庄的老板。他一气之下，揍了阿竹几拳。

"你这家伙，背地里偷情了对吧？竟敢在太岁爷的头上动土？"

"要是可以在你头上动土的话，我还真想倒一些土上去，不知道会有多少人拍手叫好呢！很多人看了你的脸就烦，还有人说小孩看到你就会惊吓大哭。我呢，见多了世面，很明白世上不会再有第二个像你这么蠢的男人了。我以前都被你给骗了！你这个混蛋！你根本就不是人，少在那里装得一副自己是人的样子。去跟杂种狗或草蛇在一起，叫它们守你的贞节牌坊去吧！你这个差劲的死胖子！

蚯蚓只要爬出地面，穿件外套，样子都比你体面多了！学人家说什么偷情，别一副自以为什么都懂的态度，别在这里装得人模人样，快给我现出原形，滚回你的水沟里去吧！"

"你可别把我当成蚯蚓了。你以为蚯蚓会当军人去打仗吗？蚯蚓根本就不可能知道怎么做面条。少瞧不起人！"

"你打人？我再也不想看到你了！"阿竹就这样逃离了家。

虎二郎这下子也头大了。他虽然生气，但阿竹丢下了两个孩子，而且接下来要是没有每月的五千元进账，就要喝西北风了。很遗憾，虎二郎还是得去下跪道歉，把阿竹求回来才行。再说，虎二郎对越来越有姿色的阿竹也很留恋。

虎二郎带着两个孩子直闯餐馆，原本坚持不肯见面的阿竹，在他的死缠烂打之下，总算愿意露面。

"那天实在很不好意思，是我一时鲁莽。我们夫妇既然都有孩子了，要是你丢下孩子一走了之，那我也只能一了百了了。拜托你回家吧！"

"我就是讨厌你这样。很多寡妇一边工作，还一边照顾三四个孩子呢！男人岂不是应该更有办法？一个人带着孩子活不下去，只能一了百了这种话，是得了肺结核卧病不起的病人说的。像你这种好手好脚的人，竟然不能工作，这到底是怎么回事？赚钱养活老婆孩子，这不就是男人的职责吗？整天沉迷人生指南这种怪事，迷到连工作都不管了，我没办法再和你这种怪人一起生活下去。"

130

"之前不是都一起活得好好的吗？"

"那是因为我以前没见过世面。我现在一看到你那张脸，就觉得背脊发凉，因为我实在很难想象你竟然是人类，是和我同样的物种。有了孩子又怎么样？小孩就是要靠男人工作赚钱来养大的呀！如果连小孩都养不起，那干脆我把孩子带走，拜托你快跟我分手吧！"

"男人和女人不一样，想找到工作没那么容易呀！"

"如果你什么都肯做，一定找得到工作。你觉得找不到，那是因为你懒！要是你连这一点自觉都没有，那你根本就没有资格睡在榻榻米上，还是快点回到最适合你住的水沟里去吧！"

"你好像已经认定了我就是条蚯蚓。告诉你，别看我这样，我可是个不折不扣的人类，祖先世代都是人类！"

"那还用说吗？"

"你要是明白的话，希望你赶快回家。你看，我都已经这样跪下求你了。以后我不会再摆老爷架子，每天晚上你回家之后，就帮你烧洗澡水、擦背、洗手脚，夏天则是拿扇子帮你扇凉，直到你睡着为止。"

"你这家伙到现在还不打算工作？我可不是为了想和扇子、热毛巾住在一起，才来到这个世界上的！"

"你还真是个不讲理的人。负责扇扇子、拧热毛巾的都是我这个活生生的人。这就是人的价值所在！我这是在求你赶快回来，我会努力为你做很多有价值的事。这样你听懂了吧？"

"人的价值，在于好好工作赚钱，让老婆孩子过安稳的生活。你这条蚯蚓快给我滚回去，不准再来找我！"

阿竹气冲冲地拂袖而去。她的同伴们原本在和室拉门外打探情况，最后都忍不住笑了出来。虎二郎认为自己不能再久留，便牵起孩子的手，空虚地回家去了。

后来虎二郎又去过餐馆好几次，但阿竹都不肯见他。虎二郎心想，既然自己不行，那就拜托一位既会讲道理又懂法律，目前在官府当代书的朋友彦作，代他去打探一下阿竹的心意。结果带回来的却是一番无懈可击的说辞："和扇子、热毛巾住在一起已经够讨厌了，何况是和蚯蚓住在一起，更是让人受不了。我只想和能好好养活妻儿的人住在一起。"

彦作听完，佩服得五体投地，便打道回府，马上去找虎二郎，说：

"哎呀，阿竹说的话真是有道理。再怎么样都是你不对，不去工作赚钱养家，就不是个男人。"

"现在失业的人这么多，找不到工作，我也没办法呀！"

"这件事我也听阿竹说了。你本来不是在当二百四吗？可是因为你一天到晚都在看人生指南，写投稿，后来索性就把二百四的工作给辞了，叫阿竹出去工作，对吧？"

"阿竹的工作收入比二百四好太多了，所以才会让收入多的去工作，换我待在家里的呀！这可不是因为我懒，要是我能和阿竹交换，做阿竹的那份工作，赚和阿竹一样多的收入，我也很乐意呀！但就是因为不能和她交换，所以我也很无奈。"

"要是你当初自己也做些什么工作，没让阿竹自己一个人赚钱养家的话，今天事情应该就不会是这样了。这是你自食恶果。劝你早日洗心革面，工作赚钱，好好抚养孩子，让阿竹看到你认真工作的样子，再求她回心转意吧！"

"那这段时间就放任阿竹在外面偷情吗？"

"对了，问问它吧！这就是你以往沉迷的人生指南，这次还真的应该把发生在你身上的这些事，原原本本地写出来，请人生指南帮你解答。不过在投稿之前，最重要的是你从明天起一定要开始工作，人生指南得找到空当才能写。我也很期待人生指南会给你什么样的解答！"

彦作说完这番话就走了。虎二郎现在根本没空请人生指南指点迷津。首先他得找到可以安置孩子的人家。好不容易才找到了一个愿意先免费托养孩子，费用日后才付的地方。于是他把孩子送到这户人家，自己又重新当起了二百四。

虎二郎手边还有一些剩余的纸和笔，但不知为什么，他就是无法把真正发生在自己身上的事写下来，寄到报社请人生指南答复。况且他一看到纸或笔，就会全身发抖，急忙闭上眼睛。

看来人生指南一定要是杜撰的，读起来才有快感。而在饱尝虚构杜撰所带来的快感之后，现在虎二郎已深刻地体会到，人生指南在真正的烦恼难题面前，是多么无力。

不管人生指南提供什么样的解答，出现在人生指南里的那个"我太太"，终究不是阿竹。

阿竹把虎二郎当成一条蚯蚓看待的事，或认定其他蚯蚓穿上外套之后绝对比自己老公体面的事，甚至还说杂种狗或草蛇愿意为他这个老公守贞节牌坊都太便宜他的事，负责解答的人生指南的导师都无从得知。

"就算这些事再怎么千真万确，我岂敢一五一十地写？况且整个问题的症结，就是因为对人生指南太过热衷，这么丢脸的事，我怎么写得出来？人世间还真是不能尽如人意啊！就像人生指南一定要是杜撰的才精彩一样，人生和人类，或许也都是得过且过最好。说不定一个不小心，会发现我眼前的这个世界只有我自己是真的，大家都是假的。太恐怖了！阿弥陀佛，阿弥陀佛。那些人生指南的导师，说不定全都是貉[1]。算了！我就听天由命，当个二百四，优哉游哉地过活吧！"

虎二郎对人生似乎有了那么一点体悟。

1　日本古代的迷信认为，貉与狸猫会住在同一个洞穴里，而狸猫是会幻化为人的一种生物。

神经

织田作之助

　　当时我寄宿在日本桥筋二丁目的姐姐家，每天都要到这家澡堂去报到，回家前总不忘绕到花屋去喝杯咖啡。花屋当年营业到深夜两点多，对喜欢当夜猫子的我来说，是很方便的去处。而在它斜对面的弥生座，是专供皮耶男孩表演的歌舞剧场。

织田作之助

(1913—1947)

◎

　　小说家，又称"织田作"。
1913 年 10 月 26 日出生于大阪，
1938 年发表小说《雨》，备受同
乡前辈作家武田麟太郎（1904—
1946）的关注，来年发表的《俗臭》
入围"芥川奖"，1940 年短篇小
说《夫妇善哉》成为改造社首次
推荐文艺作品，自此于文坛取得
一席之地。

　　织田作之助擅长以平实的方
言描写大阪平民生活，以敏锐的
观点描写战时的乱世风俗，发表
《世相》《竞马》，一跃而成为
流行作家，与太宰治、坂口安吾
等人同位"无赖派"之列。

一

　　今年的新年期间，我一步都没踏出家门，也没人上门拜访。我开着收音机整天地听广播，写流浪汉小说度过了新年的前三天。我笔下描写着皮肤如土蜘蛛[1]般粗糙的流浪汉，但在现实生活中，新年期间的街头流浪汉，还真是令人不忍直视。不只是流浪汉，只要一出门，举目四望，社会上到处都是悲凉的景象。至少新年的这三天，我不想看见这一切。然而，听着广播里的歌舞剧节目，我又不禁对日本感到悲哀，比看到流浪汉，看到战争烽火下的断垣残壁或黑市感受更深。

　　近来，广播常播放歌舞剧节目。以观赏为出发点所制作的歌舞剧，竟要通过广播来让听众收听，说穿了根本就是天方夜谭，未免也太过无趣。但根据广播电台的听众来函显示，还是有些老戏迷表示能听到歌舞剧节目很开心。这或许是一种反动的表现，表示大众渴望接触战争期间被禁的那些事物。

　　然而，我听了《宝冢[2]怀旧金曲集》等广播节目之后，又回想了自己以往看过的歌舞剧，觉得这样的表演被禁固然荒谬，但也不必

　　1　土蜘蛛是日本传统戏曲和民间故事当中常见的妖怪。
　　2　宝冢歌剧团是日本享有盛名的大型舞台表演团体，前身是阪急电铁前会长小林一三于 1913 年创立的宝冢歌唱队，1914 年改组为少女歌剧团。——编者注

匆忙地让它复活，或仓促地让它在广播节目中播出。单是让女孩子穿上短裤，扭腰摆臀，抬脚踢腿，并不特别性感。而拿这些东西来大张旗鼓地说是豪华绚烂、青春梦想，未免也太可笑了。这种表演，说穿了不就是骗骗小孩、不痛不痒、寒酸粗糙的闹剧而已吗？战前的日本竟骄傲地大赞这种表演豪华盛大，现在想想还真是丢脸，不禁感叹日本原来也只是个如此寒酸穷苦的国家。既然谈到了豪华，其实宝冢的歌舞剧，也不过是阪急电铁沿线一种小中产阶级式的豪华罢了。若要找同样贫乏的表演，还不如看看新宿的红磨坊、浅草的歌剧馆，或千日前的皮耶男孩[1]（这也是从浅草发展起来的）这些真正平民大众的、不高高在上的表演，感觉还来得好一点。宝冢和松竹的少女歌剧团里没有任何一位男演员，而这毕竟也不是一个值得懂事明理的大男人托付一生的工作。有不少人因为喜欢歌舞剧，而从事编导等工作，或担纲作曲、道具等业务，但他们在从事这些工作时，真的由衷认为这是男人毕生的职业志向吗？我很怀疑。每当我听到那些歌舞剧演员说对白时，每句后面都要加上"喔"这类感叹词，就觉得这确实不是男人该做的工作。

　　说到对白，我还记得七岁那年第一次观赏歌舞伎表演时，觉得很奇怪：为什么歌舞伎演员都要用那么诡异的方式说话？进入高中之后，我看了新式戏剧[2]，当时也同样觉得奇怪，心想：为什么这些

1　皮耶男孩是创立于 1934 年的歌舞剧团。

2　新式戏剧起源于明治时代末期，相对于传统的歌舞伎等表演，新式戏剧是效法欧洲戏剧的表演形式。

人要用吵架似的辩论口吻说话？新式戏剧的演员怎么个个都使用差异如此明显的表情和声音？然而，当我听到歌舞剧演员说的对白时，又觉得他们的声音实在太过大同小异，令人生厌。

不过，发声方式有怪异套路可循的，并不是只有歌舞伎、新式戏剧或少女歌剧而已。声音艺术的表现流于奇特的套路，这在任何戏剧表演当中都在所难免，甚至有人说要贯彻力行该项表演的表现套路，才算得上是一流表演。新派戏剧有新派戏剧的套路，义太夫[1]有义太夫的套路，女剑剧[2]和电影明星的表演，也都各有其表现套路，甚至连浪花节[3]等表演，近来都发展出浪花节专门的对白表现套路。讲谈、落语、漫才[4]等，更是无须赘述。进入广播时代之后，表演的套路更是显著。例如广播播音员的说话口吻，套路十年如一日，听得全日本听众耳朵都要长茧了。而广播剧里的新式戏剧演员更是毫不例外，人人都哀怨地发出刻意营造差异效果的声音，结果把每出戏都讲成了悲惨故事。就连有名家之称的德川梦声，我再怎么努力地分辨，还是会觉得他在《乱世佳人》里的声音表现，就和《宫本武藏》里一样。在广播剧里饰演年轻女孩的演员也一样，表现总是过于开朗，发出仿佛袜子上破了个洞似的声音。这样究竟有没有女人味？不，用女人味这么优美的词来形容，实在是太抬举它了。至于政府官员，则总

1　义太夫是净琉璃的一个流派，是以三味线演奏当配乐的一种说唱表演。

2　女剑剧是以女性为主角的武侠戏。

3　浪花节是起源于江户时代的一种说唱艺术，以三味线演奏当配乐。

4　讲谈、落语、漫才三者都是以口语呈现的通俗艺术。

是发出一种令人联想到屏风和盆栽的声音；出席座谈会的谈话者，总在犹豫自己究竟是该对其他出席的人说话，还是该对麦克风说话；一些官员则发出一种空有气势、毫不迟疑的声音。就连被誉为广播演讲名家的已故政治人物永田青岚，说话听起来也总像是在对听众说"我说话很琐碎"似的，令人厌烦。有位大官曾模仿他的说话方式演讲，不知是否因为话讲得太琐碎，他一时不察，竟脱口说出了家乡话。

据说小提琴天才少女辻久子在八九岁时，听到豆腐摊吹小号叫卖的声音，就会捂着耳朵，哭着大叫："啊！耳朵好痛！耳朵好痛！"我的耳朵虽然不如辻久子敏锐，但对声音的表现套路，或许是已经敏感到了生厌的地步。听广播的时候，只要一出现那种十年如一日、千篇一律的声音，我也会觉得耳朵好痛，想捂住耳朵。

在二战期间，这种情况更为严重。每天没日没夜地听着广播的信息传达节目，比起那些信息的内容，千篇一律的声音更叫我受不了。播音员每天都要播报，自然而然会发展出固定的声音套路，这一点在所难免；若要辩驳说这种时候已顾不得套路，似乎也言之有理。但每天重复听着同样的单字，同样的音调起伏，同样的信息形态，实在是令人厌烦至极。记得战争刚结束时，广播电台实况转播了一场户外音乐会，负责解说的播音员，似乎是想呈现与战时不同的说话口吻，便用轻柔娇媚的声音说："我们目前所在的某某音乐厅，有只红蜻蜓悠然地在蔚蓝的天空中飞翔。今天还真是个秋高气爽的好天气，最适合举办户外音乐会。"听到这些话的当下，我对社会出现这样的转变而感到欣慰，但一路听下去，发现在整段节目当中，红蜻蜓竟出场飞了三次，让我稍感无言以对，不过当下我还是肯定了播音员所做的新尝试。没想到，后来我听当天出席表演的人说，那天是灰蒙蒙的阴天，根本没看到任何一只红蜻蜓在天空飞舞，我的欣慰之情顿时烟消云散。原来那只不过是有心想做新尝试的播音员黔驴技穷，于是便沿用了以往转播棒球比赛时的播报套路呀！

要做新尝试的确不容易。这世上难道已经没有令人耳目一新的东西了吗？声音表现的艺术家们，无法完全跳脱十年如一日的窠臼，只会在套路里钻研细枝末节的优劣，就像是数着榻榻米的蔺草缝似的。其实，千篇一律的套路并不只是声音艺术的问题，美术、舞蹈、文学，这些领域也都有套路，无一例外。而要跳脱这些套路，极其困难。即便是小说这种形式自由的艺术，也同样有套路。詹姆斯·乔伊斯为了打破既有的套路，才会写下大胆前卫的《尤利西斯》，但书中仍有司空见惯的内容，似乎并未跳脱小说所有约定成俗的规范。就连既是诗人又是剧作家，还会作曲和指挥，甚至还懂设计，宛如魔术师一般的让·谷克多[1]，写起小说来也不免千篇一律。有描写，有对话，有说明，有结尾。看来就连让·谷克多这样的奇才，在小说世界当中仍旧无法大破大立。

1　让·谷克多（1889—1963）是法国文坛的奇才，曾于1936年造访日本。

人生也是如此。人生在世，不论喜欢与否，就是必须遵循社会规范这个传统的套路。若要说用脚走路是传统套路，所以就改用倒立行走的话，会被这个社会当作疯子。曾经有个无恶不作的老人对我说："我玩过很多女人，但对象再怎么换，女人也就是那么一回事。"他还说："玩过就知道，每个女人的身体都是一样的，性爱这种事，不过是十年如一日地玩着重复的老把戏。"就算是变态，人类可以想象的变态行径就是那些，变态终究还是有变态的套路。我并没有与众多女性深交的经验，但对他所感受到的平淡无趣，深有同感。

人生凡事都有千篇一律的套路。这并不代表凡事绝不可以有套路，只不过一再沿用同样的套路，的确会让人感到厌烦，觉得"又是这一套"。亨利·柏格森[1]曾提出令人发笑的元素之一是"重复"，而一再重复的套路，的确会成为世人嘲笑的对象，因为它确实滑稽。歌舞剧女演员说唱对白的口吻，也不是因为轻佻浮薄才差劲，我完全没有想拿轻佻来攻击她们的意思，所以当我在齐美尔[2]的日记当中读到"人除非陷于无聊或轻佻这两者的其中之一，否则就无法摆脱另一者的纠缠"这句话时，不禁大呼快哉。我会对歌舞剧女演员的对白表现倒尽胃口，是因为我觉得那些套路很滑稽，应该还有更多呈现方式才对。然而，对戏迷而言，所谓的套路，或许正因为它是套路，所以才更有魅力。歌舞剧的戏迷们，迷恋的应该就是那种诡异的对白套路吧。

1　亨利·柏格森（1859—1941），法国哲学家，曾获诺贝尔文学奖。

2　格奥尔格·齐美尔（1858—1918），德国著名社会学家，著有《货币哲学》。

二

曾有个女孩因为迷恋歌舞剧女演员的套路而香消玉殒。

那件事发生在十年前。某天早上，有人在千日前大阪剧场的演员休息室后门外，发现水沟的盖子下面有个女孩的尸体。经过验尸分析，女孩已死亡四天，身上有遭人施暴的痕迹。这当然是一宗他杀案。据说尸体是嫌犯在犯案后从现场拖至此，藏在水沟里的。

经调查后发现，死者是一位无父无母的女孩，由伯母领养。她喜欢歌舞剧，因为太常跑去看戏而被伯母念叨了几句，之后便离家出走，住在千日前的廉价旅社里，还天天到大阪剧场去看歌舞剧。有人表示曾目睹她和疑似不良少年的男子走在一起，警方分析该名男子可能就是凶手，于是针对千日前周边的可疑人员展开全面清查，但最后还是无功而返，全案陷入胶着。即使到了十年后的今天，凶手仍未落网，真相恐将永远尘封在迷宫里了。

根据旅社老板娘的说法，当时女孩身上的盘缠已快要用尽，身上也只穿着一件廉价的铭仙和服，再搭配上一条人造丝的腰带而已。

不良少年找上她，看起来不是为了窃取财物，也没有复杂的感情纠葛。应该是她每天往歌舞剧场跑，被不良少年盯上，双方拉扯到最后，女孩遭到侵犯。而凶手犯案后担心事情曝光，才痛下毒手的吧。

"她经常出现在我们店里，我记得是那个女孩没错。"

当年报纸上报道这个案件时，花屋咖啡馆的老板曾对我说过这句话。

花屋位于千日前弥生座的斜对面，是一家小巧可爱的咖啡馆。花屋的隔壁是一家名叫"浪花汤"的公共澡堂。这家澡堂里有东京式冲背按摩，还有电疗池。当时我寄宿在日本桥筋二丁目的姐姐家，每天都要到这家澡堂去报到，回家前总不忘绕到花屋去喝杯咖啡。花屋当年营业到深夜两点多，对喜欢当夜猫子的我来说，是很方便的去处。而在它斜对面的弥生座，是专供皮耶男孩表演的歌舞剧场。每逢表演散场，就会有很多歌舞剧演员鱼贯涌入店里。又因为大阪剧场也近在咫尺，所以松竹歌剧的女演员们也会和戏迷一起上门光顾，吃吃蛋包饭或炸猪排。千日前周边高级日本料理店的女服务生们，也会在下班回家前过来坐一下。店里总会飘散着带着澡堂热气的味道。整体感觉和浅草一家名叫"鸠屋"的咖啡馆很像，不过花屋更华美一点，气氛和沁人心脾的千日前地区互相应和。

遇害的那个女孩，也曾因为想一睹心仪的歌舞剧女演员在台下的真实面貌，而来到花屋吧。身形娇小矮胖，双肩上耸，有着一张饭团般圆脸的女孩，据说总是坐在角落的那一桌，怯生生地望着歌舞剧的女演员们，没有勇气上前去要签名或攀谈几句，也客气地避免和女演员们同坐一桌。然而，从女演员们进到店里，到她们离去之前，女孩都不曾动过离座的念头。

这么喜欢歌舞剧的一个女孩，死后这四天都待在休息室后门外的水沟里，应该是某种命中注定的缘分吧。女演员们每天都踩过水沟的盖子进出，不知这里面有一具尸体。对那个女孩而言，或许这样算是求仁得仁吧。

然而，这件案子登上报纸版面之后，大阪剧场的女演员们都觉得毛骨悚然。到花屋来吃饭的女演员，大家都在谈那个女孩的八卦传闻。女孩总是坐在一楼从前面数第三排的同一个位子，和大家多少都打过照面，因此大家感受格外切身。

"大家凑一点钱，去拜一拜地藏菩萨吧。"

"是呀是呀，这个提议很好，去拜一下吧，去拜一下。"

当她们在讨论这件事的同时，隔壁桌那些皮耶男孩剧团的男演员们，正在聊他们从弥生座二楼休息室里看到的宾馆的八卦。宾馆二楼的窗户虽然挂着窗帘，但据说他们只要从休息室窗户伸出一根长杆，用杆尖轻轻拨开窗帘，就能把宾馆房间里的情景看得一清二楚。这些男演员会趁着演出空当来到这间休息室，偷窥宾馆的二楼。此时他们正在闲聊的内容，是说有人硬是把不知情的年轻女演员也带到了这间休息室的窗边，女演员被逼看了宾馆内的情景后，竟哭了起来。

"茶妹毕竟还是个小孩子嘛！"

"是吗？我还以为茶妹什么男女之事都懂了呢。"

"可是她也才十七岁呀！"

"同样是十七岁，高助那个家伙还会感慨'哎呀！今晚对面生意冷清'咧！那个不要脸的家伙，看对面的二楼简直看上瘾了。"

"不要脸的是昨天的那个女的，她还不到二十岁啊！"

"不到二十岁也是会带男人上宾馆的。"

"不过话说回来，她竟然一丝不挂，还真的是不要脸。"

"说不定是卖淫的。"

"蠢货！卖淫的哪会做那么自甘堕落的下流勾当？想想也知道只是一般老百姓啦！"

"想也知道……喔，对了！我记得这家伙之前一丝不挂的样子，还真是不要脸啊。"

听着他们这些淫秽的谈话，我突然想起了那个遭人杀害的女孩。死在休息室后门外的水沟里，对于喜欢歌舞剧的她而言，或许这样算是求仁得仁吧——这实在是个荒谬的臆测。被侵犯后的她，难堪地瘫躺着的当下，想必一定比遭人杀害更痛苦……

走出花屋之后，我把毛巾挂在肩上，在千日前的马路上随兴地散步，接着在常盘座前的"千日堂"买了香烟。

千日堂虽然也卖香烟，但它其实是一家糖果店。这家店的门面莫名开阔，屋檐下挂着一个"全部商品五折卖"的招牌，因此"五折店"

这个名字更为人熟知。这里夏天也卖凉糖水,冬天则会煎红豆卷糕来卖,但糖果才是这家店的招牌商品。由于它从早到晚都门庭若市,因此无暇关门休息,成了千日前地区唯一一家通宵营业的商铺。

千日堂也在谈那个惨遭杀害的女孩。

"她每天都来这里买糖。嗯,就是那个女孩没错。"

嘴里含着买来的糖果,身上裹着廉价旅社旧疡的棉被,浏览着歌舞剧的节目单。这个情景让我觉得很悲惨。

我小时候也去买过那家五折店的糖。当时在千日前地区,尾上松之助的电影是在千日堂对面的常盘座上映。住在上町的我,每逢常盘座电影换档的日子,就会雀跃地走下源圣寺坂,再走过西横堀川上的末广桥,然后穿过黑门市场。飞奔到千日前之后,我会先到千日堂花两钱买紫苏糖,再进常盘座看电影。只要舔着这种糖,唇齿间就会泛起紫苏的香气,仿佛一股遥远的乡愁。

我和紫苏糖之间也有一段回忆。我考进京都的高等学校那一年,秋天的某个晚上,我第一次到宫川町的游廓[1]过夜。那时我听说十二点之后再去,就能以三元五十钱的价格过夜,因此我就在夜幕低垂的京极和四条通到处闲逛,消磨时间,等过了十二点,才转进南座旁的河边暗巷里。在黑暗的路上走了约百米,再左转走六七米,就来到了宫川町的巷弄。那些拿着红色手提包的娼妓,脚下木屐有气无力地发出啪嗒啪嗒的声响,一路往青楼里走去,这幅场景让我很

---

1 游廓是指官方准许设立声色场所的红灯区。

想打道回府。但说时迟那时快，已经有人揪住了我的黑披风衣角，说：

"贯一，上来吧。"

我心想，是不是因为我是高等学校的学生，所以对方才用《金色夜叉》[1]主角的名字来称呼我？此时，我已半推半就地被拉上楼去。

"有熟识的姑娘吗？"

"没有。"

"那就交给我安排？"

"嗯。"

我用干枯的声音说完后，喝了一口带有咸味的茶。

"那好，我帮您找个温柔娴静、年轻漂亮的姑娘来，请您在房间里稍候。"

"嗯。"

接着我被带到了三楼，面对着加茂川的房间。房里只有小小的三张榻榻米空间，略显脏污，微弱的灯泡昏黄地照着室内。

"您先在这里躺着稍等片刻，姑娘马上就来。"

满是污垢的白垫被上有一条红色花样的被子，瘪瘪平平又带着脏污。这一床被褥，看来宛如被汽车碾过的猫尸体。

"嗯。"

我尽管口头答应，但其实根本不想躺进那床被子里。我走到面对河流的走廊上抽烟，等着妓女到来。

1　《金色夜叉》是尾崎红叶的小说，主角是就读旧制高等学校的间贯一。

从那里可以看得到加茂川的河岸，被雾霭包围的四条通，灯影昏黄朦胧，霎时间就成了一片充满深夜况味的远景。我对即将污秽堕落的自己感到悔恨，在这股悔恨与乡愁下，我一边温热着心窝，一边迎着寒冷的河风伫立良久，京阪电车的车头灯从我眼前疾驰而过。就在这时，我听到有人爬上楼梯的脚步声。

"不好意思，让您久等了，这位是阿香。"

我闻声回头，看到一位脸色苍白、身形娇小的妓女。或许是因为匆忙爬上楼梯的关系，她喘着气，弯着腰说：

"不好意思……"

她向我颔首致意，廉价的白妆粉散发出一股酸腐的臭味。

"哎呀，您到走廊上来了呀？外面很冷，请您快关上窗，回房里去吧。"

老鸨说了句"请您慢慢享受"之后，便转身下楼。接着妓女悄悄来到走廊，站在我身边，并从袖口拿出了一颗糖，默默地放在我的掌心。

"这是什么？喔，是糖果呀。"

"白天我在京极买的。"

"你去京极看电影吗？"

"不是，"她弯着纤细的脖颈说，"我是去买糖果。"

"去买糖果？就只是去买了糖果而已？哈哈哈……"

气氛瞬间变得令人放松。我心里那股对自己放浪形骸的悔恨顿时消失无踪，稚嫩的心灵因此而温热起来。我把那颗糖果放入口中，尝到了紫苏的味道。

"喔？这是颗加了紫苏的糖？"

"好吃吧？"

妓女靠近我，我一把把她抱了过来，将糖果送到了她的嘴里。

……河流的潺潺水声唤醒了我。我看了看身旁，妓女似乎还没睡。她嘴里含着糖，浏览着仕女杂志上的插图。

"你还真爱吃糖。"

"是呀。下次您来的时候，可以帮我带些糖果吗？"

"嗯，我帮你带。"

我嘴上虽然这么回答，但从那以后就没再去见过那个妓女。

当我听说那个在大阪剧场后面遭人杀害的女孩曾到千日堂来买糖果时，便回想起了这个妓女。

她身形纤瘦，肤色略黑。听说那个遭人杀害的女孩，也是个肤色偏黑的姑娘。虽说我当时花了钱，但毕竟还是侵犯了那个妓女。我欺骗了一个送我糖果、心地温柔善良的妓女。我的这股悔恨之情，转移到了那个被杀害的女孩身上。于是我放弃西点和巧克力，改买了平价的糖果，带着它们来到简陋的廉价旅社，在被褥上排遣寂寞之际，我觉得自己仿佛也能感受到那个女孩曾有过的哀怨乡愁。当下，我突然很想听听《摇篮曲》。

死后四天都躺在街头无人知晓。这份悲情很有那个女孩的味道。

大阪剧场的女演员们，将在休息室后门外的空地上祭拜地藏菩萨，并为那个女孩招魂。我听闻此事之后，还专程过去上了香。

三

战争揭开序幕之后，千日前也突然变得非常萧条。

弥生座的皮耶男孩昔日曾是千日前的活招牌，但他们早已在战争开打前解散。后来弥生座成了二轮电影院[1]，也曾变成放映新闻片、纪录片的电影院，还曾经长期上演三流的歌舞伎表演。它就和千日前边缘的那些小剧场一样，一路萧条凋零下去。

原本小巧可爱的花屋，成了脏乱的杂炊粥小馆。

浪花汤现在也多半歇业不开了，电疗池和东京式冲背按摩都已消失不见。

千日堂已不卖糖果，改卖菱角或玉米点心。他们还把开阔门面的一部分租给了路边摊商，摊商在那里卖起了系裤腰用的松紧带和麻绳。而对面的常盘座，如今则成了吉本兴业[2]的漫才表演场馆。

1　二轮电影院是指播放在首轮电影院下档后，大约三到四个月以后再度上映的电影的电影院。——编者注
2　吉本兴业是日本大型艺人经纪公司、电视节目制作公司。——编者注

大阪剧场后面的那尊地藏菩萨所在之处，已少有线香的香烟升起。女孩在此遇害的事，已成了遥远的过去。

冷清的千日前，现在晚上除了警防团[1]人员之外，连只小猫都不会走过。而我早在战争开打前，就搬到大阪南方的郊外去，与千日前已相隔甚远。

去年3月13日的晚上，弥生座、花屋、浪花汤、大阪剧场、千日堂、常盘座全都付之一炬[2]，仅剩下地藏菩萨幸免。然而，幸存下来的地藏菩萨，反而让人更觉悲情。

大火过后约十天，我去了一趟千日前，撞见花屋老板正忙着从断垣残壁中翻找财物。他一看到我，便说：

"就算我家烧得精光，我也不会离开千日前。"

他说现在一家四口都住在防空洞里。

"就是个长条形的地方，空间很窄，不过院子可是大得很！"

花屋老板说整个千日前都是他家的院子。他还是像以前一样爱说笑。

我站在路边和花屋老板聊了几句，之后便向他道别，来到大阪剧场前。这时有人叫了我的名字，我回头一看，才发现原来是波屋的阿参。波屋是一家书店，位于连接千日前和难波的南海通上，对面是漫才表演场馆。我从中学时代就开始在波屋买书，和阿参是老

---

1 警防团于1939年成立，用来保护各地民众在空袭或灾害时的安全，兼有巡逻警察和消防队的功能，至1947年废除。

2 指的是发生在1945年3月13至14日的大阪空袭。

朋友。阿参原本是波屋的员工，后来老板把这家店让给他，他顺势成了波屋的老板。阿参本名芝本参治，从学徒时代起，大家就一直用阿参这个绰号来称呼他。这次他也成了受灾户。

我和阿参刚打了照面，还没慰问他受灾的事，就先说：

"你的店烧掉了，那以后就不能跟你买杂志了。"

阿参一听，噘着嘴说：

"当然可以。您给我看着，我一定会再开书店的，到时候可一定要到我家来买。我这一辈子都不会抛弃书店的。"

"你要在哪里开？"

听我这么一问，阿参露出"你知道的"似的表情，不假思索地回答：

"在南边开，在南边开。"

所谓的南边，也就是大阪人常说"要去南边"的那个南边，泛指心斋桥筋、戎桥筋、道顿堀、千日前周边的这个区域。

这个"南边"竟在一夜之间全都付之一炬，原本让我陷入了"逝去之物最是怀念"的若山牧水[1]式的感伤，但花屋老板和阿参对千日前的那份执着，使我大感振奋。恰巧当时有周刊请我以"重新振作的大阪"为题撰文，我便把他们两位写了进去。不过，大阪真的能从一片焦土中复兴吗？我一想到能写进这篇文章里的素材，就只有花屋老板和阿参，心里不禁惶恐，总觉得"重新振作的大阪"这么夸大的题目，就只不过是个口号罢了。

1　若山牧水（1885—1928）毕业于早稻田大学英文系，是日本著名的短歌作家，留下了许多吟咏自然的作品。

不过，就在一个多月之后，某天我搭南海电车到难波，沿戎桥筋往北一直走，在戎桥电车站附近的右侧，有一家没被大火烧毁的门牌店，目前还兼营书店，我在店里看到了阿参。

"哎呀，终于又开业啦？"

我说完话走进店里，阿参便对我说：

"在南边有新书卖的，就只有我这家店。日配[1]还帮我加油打气，说附近目前就只有我这一家书店。"

接着他还举出了几家以往开在南边的大型书店的名号，说它们全都倒闭了，只剩自己这里还有眼前这番光景。他的话说得很快，声音大得像是要吓唬客人似的。

然而，摆放杂乱的书籍和杂志，数量简直比初中生的书架还要贫瘠。店里有三分之二以上的空间，都被门牌店的样品占着，就连店内正中央摆着的那个"波屋书房临时办公室"的大门牌，看起来都会让人误以为是门牌店的样品。

"啊，对了，之前您在杂志上写了我的事，对吧？您未免也太残忍了吧！"

阿参像是突然想起什么似的说了这句话，但模样看来并不像在生气。

"我还把杂志拿给花屋的老伯看了。"

"啊？你拿给他看了？"

1　日配全名为"日本出版配给株式会社"，成立于1941年，负责日本全国的书籍总经销，于1960年解散。

"花屋老板现在在防空洞上搭了铁皮屋，一家人就住在那里。他说被您这么一写，这下子就算想离开千日前，也逃不掉啦！"

　　听他这么一说，我反而觉得和花屋老板见面很尴尬，便刻意绕路，以免路过千日前，也无心去探望那尊在大火中幸存的地藏菩萨。日本的战败已近在眼前，波屋的复活，以及花屋的铁皮屋生活，不知何时才能出现转机，我低着头，颓丧地走着。

　　回程的电车里，我在晚报上读到一则有关"岛内复兴联盟"成立的消息，报道用了"老浪花人[1]的毅力"作为标题，令人觉得很不舒服。我本来就不是很喜欢"老江户人"这种说法，对"老浪花人"更是嗤之以鼻。只是从断垣残壁的一隅中找出东西来写，就说是"老浪花人的毅力"，让人不禁想对作者大吼："粉饰太平也该有点分寸！"对于自己用过的这句"重新振作的大阪"，我也觉得是著书立说之人容易犯的夸张毛病。对自己的嫌恶之情，也因此油然而生。

　　四

　　然而，就在战争结束两天后，当先前邀我写《重新振作的大阪》

　　1　"浪花"是大阪的旧称。世居东京的人称为"老江户人"，此处模仿这个说法，创造出"老浪花人"一词。

的那家周刊，再度邀我写战后大阪的励志故事时，我又写了花屋的老板和阿参。当时言论尚不自由，所谓的大阪复兴重建，也只是战后两三天的事，根本找不到合适的素材，况且刚从漫长的战争噩梦中苏醒，除了写出"总算松了一口气"的心情之外，别无其他可写。因此，我写花屋一家人住的防空洞铁皮屋里，总算装了明亮的电灯，璀璨地照亮了千日前的一角；还有阿参不论遭逢什么样的困苦，都不曾停止销售书籍这种文化粮食给大众。总之就是写了一些不痛不痒、老生常谈的内容，设法蒙混过关。而我对只能写出这种内容的自己，已经感到相当厌烦。我本来不是一个喜欢真实故事或美谈佳话的人。那些列举史实，想以古鉴今，或是讲出一个特殊的例子，妄图以偏概全的文章，都让我莫名地排斥。然而，我却写出了那种急就章，刻意强调花屋和阿参的事，硬是把大阪说得前途一片光明。坦白说，那只是一篇以管窥天，缺乏真实性的文章罢了。花屋的防空洞和波屋那间寄人篱下的店面，实在不是一句"前途光明"就能解释清楚的，说不定它们还反倒映照出了大阪现今的悲惨样貌。这种对悲惨视若无睹，只管编织美谈佳话的心态，让我对自己感到厌烦至极。

之后又过了四个月，昭和二十年就在满街流浪汉、通货膨胀和黑市谣言构筑的乱世中匆匆地过去，诡异的正月接着到来。

新年前三天足不出户的我，终于还是出了门，前往暌违三个月之久的大阪南边。不知是否因为听了歌舞剧的广播节目，我回想起当年那个陈尸在大阪剧场后门外的女孩，所以我想先到波屋去，买一本新杂志的创刊号。

从我的住处到难波，要搭高野线到岸里，再转搭南海本线。我嫌转车麻烦，便搭到高野线的终点站——汐见桥，再搭市营电车到戎桥。

从戎桥车站到难波之间的这条路上，两侧都是黑市摊商，还盖起了一些店名很陌生的铁皮屋小吃店。这一带成了黑市。穿过摩肩接踵的人潮，来到门牌店前之际，我心想糟糕：原本寄居在门牌店一角营业的波屋，已不在原处。我猜想会不会是因为这间比中学生的书架还寒酸的书店实在无以为生，迫使阿参转行了呢？于是我落寞地离开，把自己淹没在喧嚣的人潮之中。

来到戎桥筋的边缘，我转进了南海通。南海通里也充斥着涂满难看油漆的铁皮屋小吃店、黑市摊商寄人篱下的小店，以及露天赌博的摊位。我一想到南海通竟变成这样，就觉得羞愧至极，便快步地往千日前方向走。没想到，这时有人接连喊了我两次。我匆匆往声音传来的方向一瞥，才发现阿参正笑眯眯地看着我，而他所在的位置，就是盖在原先波屋那个地点上的铁皮屋。原来阿参回到了老地方，重新开起了书店。铁皮屋的屋檐下，还挂着"波屋书房芝本参治"的门牌。

"哎呀！你回来啦！"

这实在是太令人怀念了！我一走进店里，阿参就脱下帽子，满脸喜悦地说：

"托您的福，我总算回来了。您在文章里写了我两次，我心想这下子非得努力不可。战争结束之后，我马上就开始动工兴建店面，终于在去年年底回到这里来了。我可是这附近最早搬回来的呢！"

阿参嫂也在，她接着开口说：

"您在杂志上'阿参、阿参'地写了他的事，所以他去日配进货时，那里的人也都'阿参、阿参'地叫他，他很受大家欢迎呢！"

接着，在我开口之前，阿参嫂就拿出了《改造》和《中央公论》的复刊号给我。

"《文春》[1]还需要吗？"

"不用，我已经有出版社给的《文艺春秋》了。"

"啊，对喔！您写的那两篇都是刊登在《文春》上的嘛！您在画报上的小说我也看了，还有您在那个新什么杂志上面也有作品……啊！对了对了，就是那篇叫'船场'什么的。"

阿参嫂喜欢读小说，只要我写小说刊登在杂志上，她就会和我聊起作品的事，总让我在其他客人面前尴尬地羞红了脸。可是，她的这个癖好，今天也同样令人怀念不已，让我甜蜜地陶醉在"来到波屋原址"的情绪里。店内书籍和杂志的数量，也远比寄居在门牌店一角时多出许多。

走出波屋，正当我要转进千日前通之际，迎面而来的男子突然

1 《文春》是《文艺春秋》的简称，是日本小说家与剧作家菊池宽创刊于1923年的文学刊物。——编者注

一把抓住了我的手臂。我定睛一看，原来是花屋的老板。

花屋老板松开了我的手，郑重其事地向我鞠躬，说：

"托您的福，我一路努力，终于又能开咖啡馆了。目前店面还在施工，中旬左右就会开张。"

接着，他又说开张当天一定要招待我，要我务必留下地址。我写下地址之后，他又说：

"请您务必光临，您一定要成为我们的第一位贵宾。"

他虽然没提到杂志的事，但应该是想要对杂志所带给他的鼓励表示一点谢意吧。

两篇都是我不愿再回想起的文章，却意外地成为阿参和花屋老板向前迈进的动力。一想到这里，我也语带兴奋地说：

"我一定会过去看看。"

和花屋老板道别之后，我一个人走在千日前的路上，宛如走在自己的家乡。能同时见到这两个人，坦白说真的是出于偶然，但也正因如此，让我觉得千日前又回到了我的身边。

在战火中烧毁的大阪剧场，经内部整修后，已一如往常地开始播映电影和举办歌舞表演了。常盘座也已恢复昔日面貌，上演着吉本兴业的各项表演，不再是那栋被烧得面目全非的小屋。

正当我穿过新春期间千日前的人潮来到常盘座前面时，又有人叫住了我。

我仔细一瞧，原来是开在常盘座对面的千日堂的老板娘，她一边站在铁皮屋里咯咯地笑，一边招揽我进去。

"哎呀，你们也回来了啊？"

我一走进去，老板娘就说：

"很多人匆匆走过，我都没注意到。您人高马大，一眼就看到您了。"

千日堂的老板娘说我在人潮中鹤立鸡群，因为我的脑袋比别人高出一截。她从以前就是个开朗爱笑的人。

"啊……你们改卖红豆汤了呀？"

"一碗五元，很甜喔！要不要来一碗？"

"好啊。"

"怎么样？好吃吗？跟别家比起来如何？一碗五元很值得吧！"

"很值得，好甜呀！"

但那不是砂糖的味道。我一说完，老板娘就说：

"我们用的是甘精。一碗才卖五元，要是用了砂糖，那可就划不来啦！

就连这么小的一块麻薯，也都要八十钱呢！红豆也涨到一百二十钱了。"

京都的黑市一碗要卖十元。

"毕竟你店里的东西，从以前就都是比别人便宜一半嘛。"

听我这么一说，老板娘喜滋滋地说：

"我们千日堂也是有信用的，不能乱来。您看看这间屋子，整个千日前地区里，有屋瓦的铁皮屋就只有我们这一栋呢！这是从去年八月开始盖的，到年底最后一天，也就是 31 号才完工，元旦正式开业，之后就一直忙得天昏地暗的。"

不知道究竟是地点好，还是老字号的关系，又或者是因为便宜，总之店里门庭若市。

"再卖个咖啡如何？搭配蛋糕卖五元。还有门口的门帘要不要换一下？现在那块门帘看起来像尿布似的。"

我像金主似的说完这些话之后，便走出了千日堂。

"要常来喔！"

"嗯，我会再来的。"

我很期待下次再造访千日前。和老朋友久别重逢的喜悦，让我带着轻快的脚步回家。

然而，四五天之后，我摊开早报，看到大阪府卫生局发出了警告，说甘精和紫苏糖里都含有剧毒成分，食用后会破坏红细胞，对脑部也有不良的影响，请民众特别留意在黑市里销售的那些甜食。

千日堂会怎么应对呢？且不管是要用砂糖，还是用了砂糖之后究竟合不合成本，我最担心的，是他们要到哪里去找来这么多的砂糖。花屋也说要让咖啡馆重新营业，他们会不会也用甘精？我连花屋的状况都开始挂念了起来。

不过，当我隔天再度造访千日前时，发现人们依旧一窝蜂地抢买甜食，丝毫不在意报纸上的报道。我又到千日堂吃了红豆汤，感觉入口的后味和以往完全一样，但大家还是不以为意地把它吃下肚。此刻，我对于甘精危害人体的恐惧，几乎也消失殆尽。

我们的神经，已经对甘精这东西的威力无所畏惧了吗？这个社会，是否已经不适合那些神经敏锐到会害怕甘精的人生存了呢？

每次去千日前，我都想着要找一天去祭拜那个位于女孩出事地点的地藏菩萨，结果总还是会糊里糊涂地忘记。

谁人、何时、在何处、做何事？

竹久梦二

现在正值岁末年终的特卖时节，人行道上挂满了整排红灯笼营造年节气氛。舶来品店的露台上，乐队演奏了一首进行曲，两个中学生吹着口哨，脚打拍子，搭着肩膀，踢踢踏踏地走着。

竹久梦二

(1884—1934)

◎

生于冈山县，本名竹久茂次郎，是极负盛名的画家及诗人。1902 年进入早稻田实业学校后，开始向《读卖新闻》等报刊投稿素描及插画。1909 年出版的第一本作品集《梦二画集·春之卷》轰动热卖，并于 1912 年举办了首次梦二作品展览会。随后竹久梦二陆续为报刊绘制插画及封面，亦有丰富的水彩、油画、版画、日本画等作品，在日本全国举办过多次个人画展。

竹久梦二的绘画作品以唯美的美人画著称，堪称是"大正浪漫"这个时代精神的体现，甚至有人还曾称他为"大正时期的浮世绘画师"。他的美人画自成一派，有"梦二式美人画"的封号。

竹久梦二晚年曾旅居美国、欧洲，回国短暂停留后，又来到中国台湾演讲，并举办了"竹久梦二旅欧作品展览会"。返日后即因肺结核而卧病不起，隔年过世，留下设立"榛名山美术研究所"这个未竟的梦想。代表作品有《黑船屋》《五月之朝》《青山河》等。

两个小小的中学生，倚着御茶水桥的栏杆，双眼紧盯着河水。

"你知道这些水要流向何处吗？"

"大海啊。"

"这我也知道，但我们不是会说这是某某河的支流或上游吗？"

"这条是神田川，和隅田川汇流后入海。"

"话说回来，现在可是地理课的时间，'德皇'此刻正在得意扬扬地大聊海洋奇谈呢！"

A这个学生很有心机地说出了这番话，B当然也不能置身事外。他刻意佯装不以为意，说了声"嗯"。其实这两个中学生，今天是逃课出来的。正确的说法是，这所学校凡事都规定得很严谨，只要八点的上课时间一到，即使你晚一分钟，校方还是会把门关上，不再让学生进校门。A昨晚跑到银座的电影院去，所以今天早上睡过了头。A急忙赶往学校，在路上遇见了从学校走回来的B。

"被关在外面了。"B说。

"你也迟到了呀？"

找到一个同病相怜的兄弟，让A重新打起了精神，继续问B："你要回家了？"

"回家事情只会更糟，得找个地方闲晃一下才行。"

"嗯。"怯懦的 A 也觉得除此之外别无他法，便决定听从 B 的
建议。

"要不要去尼古拉堂[1]看看？"

"嗯。"

这两个小小的中学生，便当自己是嚣张跋扈在银座闲逛的大学
生，要是真有那份勇气的话，还会叼根香烟、耸起肩膀。两人就这
么顺势迈开步伐，启程出发。

"什么情况！尼古拉堂把帽子给摘掉了呀？"B 抬头看着尼古
拉堂的钟塔，目中无人地把手插在口袋里说道。

"真的呢，它向地震投降了。"对于无法进学校听课这件事情，
A 似乎还耿耿于怀，心情还没完全调适到适合散步的状态。

而在学校里，地理老师"德皇"（之所以会有这个绰号是因为
他的翘胡子造型）正在讲台上点名。

"山田先生。"

"到！"

"小林先生。"

"到！"

"山川先生。"

"……"

---

1 尼古拉堂又称复活大教堂，是一座东正教教堂，位于东京千代田区。
    ——编者注

"虻千小姐。"

"到！"

A 从尼古拉堂的栏杆旁俯瞰东京市区，突然觉得好像有人在叫他，这让他心头一惊。

"山川，要不要散步到银座去？" B 对他这么说。

"嗯。"

"振作一点嘛！你不是已经对上学死心了吗？"

"我没在想学校的事，只不过……"

"只不过有点担心对吧？那有什么办法！迟到就是迟到了呀。"

"说的也是，我们去银座吧。"

这两个小小的中学生迈开了步伐。空气里仿佛飘着某种这个季节常有的暖洋洋、柔软温热的东西，让人不禁以为春天已经来到。天气好极了。

来到须田町，就可以看到各种各样的人行色匆匆地走在街头。卡车和公交车等车辆叭叭地按着喇叭，穿梭在人潮中的景象，让 A 和 B 充满了活力。两人精神抖擞，仿佛可以感觉到一股冲动的力量，驱使他们像跳木马般，跳过前方踩着小碎步的女人头上那宛如麻花面包的盘发。两人莫名地觉得自己像是来到了庙会，就连个性怯懦的 A 都显得很开心。

现在正值岁末年终的特卖时节，人行道上挂满了整排红灯笼营造年节气氛。舶来品店的露台上，乐队演奏了一首进行曲，两个中学生吹着口哨，脚打拍子，搭着肩膀，踢踢踏踏地走着。

不见烟飘　　不见云

风不吹　　　浪不起

黄海　　　　宛若明镜

没错，这两个学生就像张满了风帆的船，在肺里装进了满满的空气，扬帆远航。

风不吹　　　浪不起

哒 哒　　　哒

对小小的中学生而言，所谓的航海，并不是沿着大马路直线前进。选择没人知道的航路，一定会更有趣。于是，他们两个人就真的照做了。

"这一堆瓜果山很厉害吧！"他们来到了蔬果市场，白萝卜、芜菁、红薯都堆得像座小山一样。

"喔，这种地方也会有红薯啊。"这是个新发现。

"同学，这里可是神田的锻冶町呢！你没听过吗？"

神田锻冶町

转角那家干货店卖的栗子

硬得咬不动

栗子呀！神田的……[1]

"喔、喔、喔！应该就是那种干货店吧！"

对他们两个人而言，眼前看到的一切都很新奇有趣。为什么会这样呢？逃课并不是一件好事，但究竟为什么不是好事，他们也无法说出一个明确的答案。然而，这场航海的旅程，看起来实在是太美妙、太有趣了。这里一定有着什么截然不同的新鲜诱惑，比起庙会或星期日更棒。

在学校没放假的日子里，像这样走在街上是一种前所未有的体验，而这种类似冒险的感觉令人雀跃。他们就像被解开锁链的小狗似的，越走越快，无法缓步慢行。不过，要是屋子的窗台上有红梅花雀，或是围篱边开了向日葵，他们一定会停下脚步，很好奇地看一看，只要是能动手摸的，一定会伸手摸摸看。

不知不觉间，两人已经走过了日本桥。接着他们又像野狗似的，把鼻子凑到这里闻闻，把耳朵竖直朝那里听听。不知道怎么走的，两人竟来到了一条大河边。

"这是隅田川吧？"

"嗯。"

走到这里，两人都有点累了，肚子又饿，连多说句话都嫌麻烦。他们一语不发，走到河边的石头上坐了下来。

小型蒸汽船缓缓地南来北往，模样宛如把头露在水面上游泳渡

1　江户时期出现的一则绕口令。

过河流的小狗。

"肚子还真有点饿了呢。"

"你带了便当吗？"

"没带，你带了吗？"

"我有面包。"

两人轮流撕着那块面包，吃完之后，便开始想找点东西喝了。

眼前有大量的水流过，但这些都是泛黄的泥水。道路的彼端有家咖啡馆，窗上挂着红窗帘。两人这时才想到，只要身上有钱，就能在那里的椅子上坐下来，喝杯汽水或热可可。

"你身上有钱吗？"

"嗯，我有二十五钱。"

"我有五钱。"

"这样够我们一人喝一杯茶了。"

两人都没有笑。

"总觉得进去好像有点尴尬。"

"嗯，算了吧。"

两人悄悄地走到咖啡馆前面，正巧这时从咖啡馆里传出了女人的笑声。两个小小的中学生吓了一跳，便毫不迟疑地逃走了。

两人总觉得好像不知道敌人究竟会追到哪里似的，转进三条小巷，来到钟表店的橱窗前，才放心地停下脚步。他们心想应该是没问题了。

嘀嗒嘀嗒　　嘀嗒嘀嗒

喀啦喀啦　　喀啦喀啦

各式各样的时钟在转动，发出各种不同的声响。有个时钟指着八点十五分，还有个时钟指着两点四十分。

"现在到底是几点呀？"

"钟表店的时钟应该都不准吧。"

钟表店隔壁的理发店，时钟指针已经来到十二点过八分；再隔壁的水果店，则是差五分十二点。不论究竟何者正确，若是在学校，现在应该已经是大家吃完午餐，在操场上传接球的时间了。

他们一点都不觉得自己幸福。两人的心情，就好像背着沉重的背包，背包里塞满了连自己也搞不清楚的忧心。

学校是三点放学。他们开始觉得，要这样继续在街头游荡到三点，实在是很辛苦，简直就像在受罚似的。

"回学校看看吧？"

"嗯。"

两人沿着原路往回走，往学校方向前进。好不容易回到学校时，看样子已经过了三点，附近已经找不到任何一个他们认识的同学了。

两人战战兢兢地来到校门前，大门已经紧闭，只有老师和校工出入走的那个侧边小门，还开着一个小缝。

接着，他们听到一阵踩在砂石上行走的脚步声，从门的彼端传来。

"有人来了！"

"是老师！"

学校旁边是一片旷野，只有围篱旁长着几棵枝叶茂盛的相思树。两人跳进树丛里，像死人般屏气凝神，只敢转动眼珠。

"是那个、那个谁啦！"

"是山本老师！"

走过来的是体育老师。平时总觉得很凶的山本老师，今天看起来却令人倍感怀念，让他们泪流满面。

就这样，A 和 B 都学到了教训，知道这种不被原谅的冒险，其实并没有想象中那么愉快。不过，他们很快就忘了这次的经历……

甚至在不久之后，A 回想起当时的过程时，还觉得不好意思地羞红了脸。会有这样的反应，是因为他没把"那件事"告诉任何人，一直保守着这个秘密。

"那件事"是这样的。过了岁末，到了来年的正月，有一天晚上，亲戚朋友家的小孩全都聚集在 A 家，玩了一整晚的歌牌和扑克牌。后来大家又玩了一个"人、事、时、地"的游戏，也就是要念出"某人什么时候在哪里做了什么"。若要更仔细地说明规则，就是每人先发四张纸条，第一张纸条上要写上自己的名字；第二张则是写时间，例如昨天、小时候等；接着第三张纸条要写上地点，这个部分也是任凭想象，各自天马行空地写下地点；最后一张纸条上则是要写做了什么。然后把写有名字的纸条，交给预设要拿走自己第一张纸条的人，第二张纸条交给负责拿走第二张的人，就这样依序交换纸条，过程中不能

172

被别人看见纸上所写的内容。等到大家手上的纸条都凑齐之后，再把四张纸条串成一个故事念出来。如此一来，自己写的"时间"就会和某人写的"地点"连在一起，或是别人写的"做了什么事"接上自己的名字，形成许多意想不到的绝妙好文或趣文。

然而，不知道为什么，中学生 A 的名字底下，竟然神奇地出现了这样的句子：

"阿胜，去年年底，在尼古拉堂的钟塔顶端，摆出快要哭出来的表情。"大家都称 A 为阿胜。

A 的姐姐说了句："阿胜好可怜喔。"

众人对着 A 大笑，十一岁的表妹接着问："阿胜，这是真的吗？"

问话的人当然是在说笑，但当事人阿胜却觉得好像是自己以前做的坏事败露了，大感震惊。

"假的啦！"

阿胜强打精神，回了这句话。但他还是有点担心，便偷偷瞧了瞧母亲的表情。他的母亲没有丝毫怀疑的表情，静静地微笑着。阿胜这才如释重负，觉得自己总算得救了。

白色大门的屋子

小川未明

　　"其实我也是出来散散步，想顺便过来喝杯咖啡，无奈店铺已经关门了。"

　　"店主八成是看这个镇上没什么客人，就早早打烊睡觉了。春天晚上要是能再多开一会儿就好了。"那名男子说道。

　　"现在已经那么晚了吗？"

　　"还不到十二点呢。"

小川未明

(1882—1961)

◎

生于新潟县，本名小川建作。早期曾创作小说，中后期的创作则以儿童文学为主，有"日本安徒生""日本儿童文学之父"等美誉，为日本儿童文学家协会首任会长。

小川未明在就读早稻田大学英文系时，开始尝试小说创作。"未明"这个笔名，也是大学时代的恩师坪内逍遥所取的名字。1926年，他在《东京日日新闻》上发表了一篇《余生献给童话事业》之后，便不再撰写小说，全心投入到童话创作中，总计写下了将近一千两百篇的童话作品。

他的童话作品不讳言生死、草木凋零、城镇萧条等题材，在战后曾一度饱受抨击。到了近些年，儿童文学开始探讨生命议题，成人也适合阅读的童话大量问世，这让小川未明的童话重获肯定，代表作有《红色蜡烛与人鱼》《野玫瑰》等。

事情发生在一个宁静的春夜。

有个男人已经工作了好一段时间，感到相当疲惫，于是兴起了找一家咖啡馆喝杯咖啡的念头。

男人走出了家门。在温暖而朦胧的月夜里，街道上的一切都显得如梦似幻。远处的高塔、山丘、天空和森林都变得模糊，在夜色里隐隐约约、黑黢黢地浮现，伫立在原地。

他到了镇上，才发现原来夜已经这么深了。刚才男人一直都在屋里专心工作，没察觉到时间的流逝。镇上的街头已是人烟稀少，此外，他也还没找到现在还在营业的店铺。

"那一家也已经打烊了吗？"

他想起自己熟悉的一家咖啡馆，心想这时候不会已经关门了吧。男人快步朝那家店走去，边走边仰望天空，不禁赞叹这片夜景真是美好。

镇上那家他原本想去的咖啡馆，早已关上了门。他专程来到了店门前，却大失所望。

无计可施之下，他打算沿着刚才来时的那条路再走回去。这时，他突然听见背后传来了脚步声。有人正朝他走来。

"晚上好。"有人从身后叫住了他。男人停下脚步，回头看看究竟是谁。他并不认识这个从后方走近他的人。

"晚上好。"男人也顺势回答。

接着，那名男子很熟络似的靠近他，说道：

"我是住在这个镇上的人，因为觉得很累，所以想来喝杯咖啡，没想到它已经关门了。您看起来好像也是打算来喝咖啡的，介绍您一家不错的咖啡馆吧？"男子说。

听陌生人这样一说，他有点犹豫。不过，反正是在这个镇上，而且这个人看起来不错。还有一个关键因素，那就是这个人和他一样，都是因为工作累了，想找个地方休息，才会来到这里。这件事让他感到莫名亲切。于是他便开口说：

"其实我也是出来散散步，想顺便过来喝杯咖啡，无奈店铺已经关门了。"

"店主八成是看这个镇上没什么客人，就早早打烊睡觉了。春天晚上要是能再多开一会儿就好了。"那名男子说道。

"现在已经那么晚了吗？"

"还不到十二点呢。"

听到那名男子说十二点，他觉得人家这种时间就寝，其实也很正常，心想干脆自己也回家睡觉算了。

"要回家了？我想介绍给您的咖啡馆，就在这后面的巷子里。它最近才刚开张，是一家挺舒适的店，您不妨还是了解一下吧！"

那名男子这么说。

既然对方都已经这么说了，他觉得不跟着过去看看，好像有点不太好意思。

"那我就跟您一起过去看看吧。"他说道。

两人并肩同行，一边闲聊，一边转进了某条巷子。他以往也来过这附近好几次，但今晚不知道为什么，这个镇上看起来特别美丽。他心想，月光怎能把一切都映照得这么漂亮！接着，两人总算来到了一家灯火通明的店门前。

"就是这一家。"带他一起过来的那名男子说道。

店门口挂着清爽的绿色窗帘。进到店里，花瓶里的花香气浓郁，也不知道是什么品种。远处的桌边，有三四位客人坐着聊天。不仅如此，店里某处还流泻出低沉的曼陀林琴声。

他和那名男子在一张桌前，面对面坐了下来。这时，他才总算在灯下看清了那名男子的脸庞。那名男子的长相，像极了他小时候就没再见过面的表哥，令他大感惊讶。表哥早已在南洋岛屿丧生，现在当然不可能活着，但他还是油然生起了一股莫名的孺慕之情。

"坐在那里的几位，都是常光顾这里的客人。"那名男子说道。

他看看那些人，不禁大吃一惊。那里的每张脸，都是他以往曾经在某处见过的。可是，究竟是在哪里见过，什么时候见的，他都想不起来。

"今晚还真是个奇妙的夜晚。那些人的脸，我都觉得似曾相识。

这究竟是怎么回事呢……"他甚至怀疑起了自己的眼睛。

就在他还不明就里的同时，那名男子已和那些人四目相对，打了一声招呼。接着，男子说了声"失陪一下"，便起身往那边走去。

他从刚才就一直侧耳听着店内深处传来的曼陀林演奏，觉得这琴声真是好听。听着听着，他想起了很久之前的事，不禁悲从中来。他心想，到底是谁在弹着曼陀林？就在这时，曼陀林的琴声竟戛然而止。一位年轻貌美的女士现身，带着微笑朝他走了过来。

"您不记得我了吗？"女士说完，便走到他面前坐下。

"以前您走路上学的时候，会经过我的窗前，而我总是在屋里弹着曼陀林。有一天，天空下起了雨，您不知该如何是好，我就借了您一把伞。后来，您带了一本很漂亮的书来送给我。那本书里有很多漂亮的画，还有很多早期的传说、诗歌、童谣和故事等，内容很丰富。但那本书上写的都是外国文字，我都看不懂，就只看了那些漂亮的画。我问您书里写了什么内容，您说那是本很古老的书，书上有些字是字典上查不到的，所以很难翻译。书里有一幅画，画中有一座水车在森林里转动着，附近开着白色的花，还有红色的鸟飞过。这些画里的景物，至今都还留在我的脑海里。"女士说。

他听着这番话，回想起了将近十年前的那一天。今晚究竟为什么能再见到那个早已被自己遗忘的人呢？他感到非常不可思议。

他说："我都忘得一干二净了。的确是有过这件事，现在我已经想起那时的情景了。"男子怀念起了昔日的种种。

"我有时候会到这里来。今天时间已晚，我要先回去了。刚好车子也来了，那我就先告辞，希望能再见到您。"女士说完之后，便走出了咖啡馆。

时间一到十二点半，大家纷纷打道回府。他则是和那名男子一起走出了咖啡馆。

"是不是一家挺舒适的咖啡馆呀？您还满意吧？"那名男子开口问他。

"气氛幽静沉稳，是个好地方。今晚很难得，我见到了曾经有过几面之缘的人，不禁回想起了很多事。"他这么回答。

两人边走边聊着朦胧月夜世界里的话题，就这样来到了一个十字路口。那名男子开口说：

"从这里数过去的第三栋房子就是我家，欢迎您来坐坐。"

他刚好也要经过那里，便目送那名男子的背影，看他走进去。那里有一道白色大门，男子走进大门，一路往里面走去。

后来他回到家里，倒头大睡。

又过了几天，有一天晚上，他想起了那名男子带他去过的那家咖啡馆，便起心动念，想再去一趟。于是，他就一个人出门了。他记得自己走的路和那天应该是一样的，但不知道为什么，就是找不到那家咖啡馆。他为了找到那家挂着绿色窗帘的咖啡馆，在镇上徘徊了不知多少次。

"那个男人的家呢？"他接着开始找起了那栋白色大门的房子，可是也同样遍寻不着。他站在十字路口，试着数到第三栋房子，但就是没有白色大门的建筑。

于是他开口问了附近的居民。

"这附近从来都没有白色大门的房子。"居民们都这样回答。

后来，他把这件事告诉家人和朋友，大家都笑他，说没听过这种事。"恐怕是做梦梦到的吧！"

本著作中文简体版译文通过四川一览文化传播广告有限公司代理，经好室书品策划由四块玉文创有限公司授权外语教学与研究出版社有限责任公司出版

图书在版编目（CIP）数据

和日本文豪一起喝咖啡／（日）坂口安吾等著；张嘉芬译. ——
北京：外语教学与研究出版社，2019.11
　ISBN 978-7-5213-1373-4

　Ⅰ. ①和… Ⅱ. ①坂… ②张… Ⅲ. ①日本文学 – 作品综合集 –
近现代　Ⅳ. ①I313.15

中国版本图书馆 CIP 数据核字 (2019) 第 280160 号

出版人　徐建忠
项目策划　张　颖
项目编辑　张　舒
责任编辑　郑树敏
责任校对　徐晓雨
插画设计　刘佳琪
装帧设计　陶　雷
出版发行　外语教学与研究出版社
社　　址　北京市西三环北路 19 号（100089）
网　　址　http://www.fltrp.com
印　　刷　北京盛通印刷股份有限公司
开　　本　787×1092　1/32
印　　张　6
版　　次　2020 年 5 月第 1 版 2020 年 5 月第 1 次印刷
书　　号　ISBN 978-7-5213-1373-4
定　　价　48.00 元

购书咨询：(010) 88819926　电子邮箱：club@fltrp.com
外研书店：https://waiyants.tmall.com
凡印刷、装订质量问题，请联系我社印制部
联系电话：(010) 61207896　电子邮箱：zhijian@fltrp.com
凡侵权、盗版书籍线索，请联系我社法律事务部
举报电话：(010) 88817519　电子邮箱：banquan@fltrp.com
物料号：313730001

记载人类文明
沟通世界文化
www.fltrp.com